KB004047

내가 너라면 날 사랑하겠어

WÄRE ICH DU, WÜRDE ICH MICH LIEBEN by Horst Evers
© 2013 by Rowohlt Berlin Verlag GmbH, Berlin
Korean Translation © 2014 by Galmaenamu Publishing Co.
All rights reserved.
The Korean language edition is published by arrangement with
Rowohlt Berlin Verlag GmbH through MOMO Agency, Seoul.

이 책의 한국어판 저작권은 모모 에이전시를 통해
Rowohlt Berlin Verlag GmbH 사와의 독점 계약으로
도서출판 갈매나무에 있습니다.
저작권법에 의해 한국 내에서 보호를 받는 저작물이므로
무단전재와 무단복제를 금합니다.

내가 너라면 날 사랑하겠어

호어스트 에버스 지음
Horst Evers
김혜경 옮김

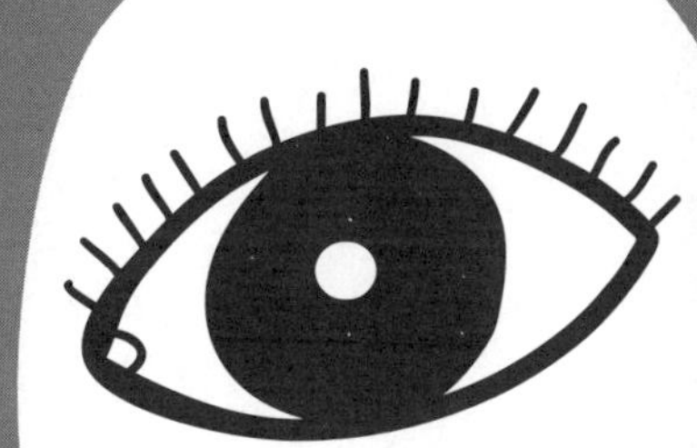

갈매나무

Contents

3 큰 기대

4 재능과 현실

5 위풍당당 행진곡

1
시작에는 끝이 있기 마련

"어두운 방에서 검은 고양이를 찾기란 무척 힘든 일이다.
특히 고양이가 없다면 말이다."

공자

내가 너라면 날 사랑하겠어

“이런 기분 아세요? 하루 종일 피곤해서 죽을 것 같은데 막상 자려고 누우면 잠이 안 오는 거예요. 성욕이 끓어 넘치던 사춘기 때 딱 이랬거든요.”

여의사가 호기심 어린 표정으로 나를 한참 쳐다본다.

“근데, 왜 그런 말씀을 지금 저한테 하세요?”

“아, 네, 뭐, 제가 40대 중반이니까요. 인생 후반기가 시작된 거죠. 그 말은 곧 앞으로 우리가 많은 시간을 함께 보내게 될 것이라는 뜻이고요. 또 많은 대화를 나눌 것 같고요. 더구나 여태껏 저보다 나이가 한참 어린 의사 선생님은 처음이거든요. 그러니까 선생님이 제 인생의 마지막 의사로서 노화가 저를 잡아먹을 동안 저와 동행해 주실 것 같네요. 어이없는 질병과 치욕적인 변화가 저를 괴롭히겠지요. SV 베르더 브레멘이 1988년에 득점한 골은 하나도 빠짐없이 기억하면서 막상 지금 말하고 있는 문장이 무슨 말로 시작했던지는 가물가물해질 테고요. 힘이 달리고 온몸의 근육이 축축 늘어질 테고 발사 근육도 영 시원치 않아서 절망의 늪으로 빠져들기 시작할 거고……."

"잠깐, 잠깐만요!" 그녀가 내 말을 끊는다. "벌써부터 모든 비밀을 다 누설하시면 김이 빠지잖아요. 제가 약간 기대를 하는 것도 나쁘지 않을 것 같은데요."

"아, 네, 당연히 그러셔야죠. 저는 그냥 저에 대해 미리 살짝 알려 드리는 것도 좋을 것 같아서요. 어린 시절이랄지, 살아온 인생이랄지……. 그래야 선생님께서 조금이나마 저를 좋아해 주실 테니까요. 제 자화상과 몸뚱이의 간극이 점점 더 멀어지더라도 돌아올 수 없는 곳으로 가는 제 곁에서 다정하게 열과 성을 다해 동행해 주실 테니까요."

여의사의 표정은 단 1초도 일그러지지 않는다.

"직접 생각하신 거예요? 아니면 어디서 주워들은 걸 인용하시는 거예요?"

"솔직히 말씀드리면 저도 몰라요. 자주 머리에 떠오르는 대로 주워 담는데, 그러고 나서 누가 그런 말을 했을까 구글에 들어가 찾아보면 아무도 그런 말을 한 적이 없어요. 지금까지 아무도 그런 말을 안 한 겁니다. 유명한 명언의 절반 이상이 실은 그 말을 했다는 사람의 머리에서 나온 것이 아니라는 연구 결과도 있습니다. 아예 그런 말을 한 적이 없는 경우도 있다는군요. 우리가 생각하는 것보다 그런 일이 자주 일어난다는 겁니다."

그녀가 고개를 끄덕인다. "저도 알아요. 얼마나 많은 사람들이 있지도 않은 병 때문에 고통받는지 알면 놀라실 거예요. 그 병 때문에 죽는 사람도 있거든요. 그러니까 노화에 대해 너무 고민하지 마세요. 굳이 저한테 충고가 듣고 싶으시다면 이 말씀은 드릴 수 있어요. 자신의 몸과 변화를……."

"받아들이고 존중하라고요. 저도 압니다. 힘들겠지만 내 몸을 좋아하라고요. 이걸 전부요."

"아니요. 좋아하는 걸로는 안 돼요. 그걸로는 부족해요. 노화의 시간을 무사히 통과하려면 자기 몸을 무조건 사랑해야 해요. 설사 몸이 실망스럽게 행동하더라도 모든 것을 이해하고 용서하세요. 사랑에 눈이 멀어야만 그 모든 것을 아무렇지 않게 견딜 수 있을 테니까요."

그 순간 과거의 한 장면이 떠오른다. 카차라는 여자를 알고 지낸 적이 있다. 20대 초반에 그녀와 몇 주를 함께 지냈다. 카차는 기분이 하루에도 몇십 번씩 롤러코스터를 타는 데다 엄청난 다혈질이어서 관계를 유지하기가 정말 고되고 힘들었다. "내가 너라면 날 사랑하겠어." 언젠가 그녀는 그런 말을 했다. "안 그러면 날 오래 참지 못할 테니까." 그 말이 맞았다. 물론 나는 그녀를 오래 참지 못했지만 그녀의 그 충고는 훗날 내게 자주 도움이 되었다. 정말로 견딜 수가 없을 땐 사랑만이 도움이 된다. 그러니까 지금 노화에도 그 말이 해당되는 것이다.

"그건 그렇고, 제가 선생님 책을 살짝 읽어 봤는데요." 나의 새 의사는 이 말로 우리의 첫 상담을 마무리 짓는다. "저를 책에 등장시키시려거든 고도 근시 이야기는 빼 주시면 고맙겠어요. 고도 근시를 가지고 농담을 하거나 '두꺼운 안경알 너머로 미심쩍다는 듯 놀란 시선을 던졌다' 같은 표현은 안 써 주셨으면 해요."

"당연하지요. 아마 다음 책은 우리의 첫 만남으로 시작할 겁니다. 멋지게 소개해 드릴게요." 나는 이렇게 약속하고, 그 보상으로 반짝이는 초록 눈동자의 애정 어린 따뜻한 시선을 돌려받는다.

진짜 독감은 훨씬 더 심해요

아침에 욕실에 들어가니 거울이 망가져 있다. 거울이 내 얼굴이랍시고 들이미는 꼬락서니가 그야말로 뻔뻔하기 이를 데 없다. 잠옷과 욕실 뒤편 선반밖에 못 알아볼 정도다.

의욕 없는 거울은 내 얼굴을 아직 반도 완성하지 못했는데 갑자기 내가 들이닥쳐 화들짝 놀란 꼴이다. 내 얼굴은 아무리 잘 봐주려고 용을 써도 누가 심이 아주 가는 연필로 스케치한 머리통을 유산지에 대고 베껴 그린 다음 커피 한 잔을 쏟은 것 같다. 아니, 커피라기보다 물을 탄 딸기잼이다. 아아, 이제야 확실히 알겠다. 누군가 내 머리통을 베낀 유산지에다 커피와 오트밀을 넣고 섞은 딸기잼을 뿌린 것 같다.

나는 맥없이 묻는다. "거울아, 거울아. 이 세상에서 누가 제일 예쁘니?"

거울은 무슨 말인지 못 알아듣는다.

여자친구는 내 얼굴이 안 좋아 보인다고 말한다. 우리 집 흑백 스피릿 복사기 같다고 말한다. 또 거울이 망가졌다고 말한다. 딸이 과학 숙제를 한답시고 목욕탕에서 종이반죽으로 화성을 만들어 거기다 딸기잼, 커피, 오트밀을 섞은 용액을 뿌렸는데 실수로 거울에다 온통 뿌려 놓았다고 말이다.

내 입에서 한숨 소리가 새어 나온다. “어휴.”

여자친구는 맹렬하게 내 부아를 돋운다. “만들지 않아도 될 뻔했네. 자기 머리를 그냥 제출해도 될 뻔했어. 화성 표면 처리를 참 잘했다고 무사통과했을 텐데.”

나는 신음한다. “나 독감 걸렸어.”

그녀는 말한다. “아무리 잘 봐줘도 유행성 감기겠네. 진짜 독감은 훨씬, 훨씬 더 심해.”

“지금보다 더 심하면 죽을 거야. 산 채로 박제가 된 것 같단 말이야. 솜씨가 세계 최악인 박제사가 내 몸 속에 가래를 80킬로그램쯤 채워 넣은 것 같아. 물론 그전에 이상한 약품으로 마취시켰겠지. 그러니까 그 마취란 것이 꼭 머리에 큰 종을 씌워 놓은 것 같단 말이야. 그래 놓고 힘이 장사인 남자가 엄청 큰 몽둥이로 내 머리를 제대로 후려갈기는 거야. 그런 식의 마취라니까. 일주일째 머릿속에서 웅웅 소리가 울려.”

나는 병원에 전화를 건다. 간호사가 어디가 아프냐고 묻는다.

“에에에흐흐흐에에에에흐흐흐.”

그녀가 말한다. “흠. 요즘엔 다들 그래요.”

"바로 그거예요. 독감!"

"아뇨. 유행성 감기예요. 진짜 독감은 훨씬, 훨씬 더 심하거든요."

얼씨구! 뭐, 이런 데가 다 있어? 나는 그녀에게 함부로 진단을 내리지 말라고 말한다. 진단은 의사에게 맡겨야 하며, 더구나 전화 목소리만 듣고 그렇게 함부로 판단을 내려서는 안 된다고 말이다.

간호사는 자신이 주제넘었다고 사과를 한다. 그렇지만 감기인지 독감인지 거의 완벽에 가깝게 확인할 수 있는 간이 검사가 있다고 말한다. 앞으로 허리를 숙이고 다리를 쩍 벌린 다음 고개를 그 사이로 집어넣어서 왼쪽 뒤꿈치를 깨물어 보는 것.

나는 수화기를 내려놓는다. 고개를 천천히 앞으로 숙여 다리 방향으로 돌린다. 그러다 균형을 잃고 모아 둔 폐지 위로 넘어진다. 내가 엉덩이를 흔들자 빈 병들이 달가닥거린다. "아, 이런, 안 되는데요. 내가 정말 독감에 걸린 건가요?"

간호사는 여전히 웃고 있다. "아니, 그렇지 않아요. 독감 간이 검사를 하려면 당연히 침 샘플이 있어야 해요. 이건 선생님께서 몸치인지, 바보인지 알아내는 검사예요. 축하드립니다. 둘 모두에 해당되시네요. 물론 잠정적인 결과이고요. 정확하고 성실한 최종 진단은 당연히 의사 선생님께서만 내릴 수 있습니다." 그런 다음 아주 신속하게 예약을 잡아 준다. 아무래도 그녀가 날 좋아하는 것 같다.

다시 누군가 내 머리에 씌워 놓은 종을 엄청 큰 몽둥이로 후려갈긴 것처럼 어지럽다. 나는 또 폐지 위로 쓰러진다. 그리고 젖 먹던 힘까지 짜내, 출근한 여자친구에게 전화를 건다. "내 계획은 향후 두 시간 안에 다시 일어나서 의사한테 가는 거야. 내가 집에서 나갈 때 옷은 입었는지 체크해 줄래?"

그녀가 뭐라고 말을 하는데 머리 속에서 다시 종이 울리는 바람에 제대로 듣지 못한다.

나는 다시 전화를 건다. "그래, 내가 24시간 안에 돌아오지 않거든 간호사하고 결혼해서 달아난 줄 알아."

여자친구가 말한다. "알았어. 여권 챙겨 가."

다시 몽둥이가 머리를 후려갈긴다.

얼마 후 나는 유행성 독감을 동반한 채 병원 진료실에 앉아 있다. 사방에 적어도 나만큼 숨쉬기 힘든 사람들이 우글거린다. 아무도 입을 열지 않는다. 그래도 진료실에선 웅성거리는 소리가 들린다. 우리의 바이러스들이 흥분하여 서로 이야기를 나누는 소리 같다.

"요즘 어때?"

"음……, 나쁘지 않아. 에버스네 집으로 옮겼더니 만사 오케이야. 내가 그자한테 가래를 발라 버렸거든. 열을 잔뜩 올려서 헛것이 보이게 하고 밤에도 안 재우고 말이야. 뭐, 늘 하던 대로지. 우리 일이라는 게 원래 그렇잖아."

"응, 그렇지. 나도 별다를 게 없어."

"맞아. 늘 하던 일이야. 언제 우리 집에 놀러 와. 에버스네는 아주 아주 지독한 바이러스라고 하면 무조건 환영이거든."

"그럴게. 말만으로도 고마워."

"와서 푹 눌러앉아도 돼. 아예 눌러살아도 좋고."

"그건 싫어. 나는 한자리에 오래 못 있는 타입이거든. 정말로 엉덩이가 무거운 바이러스를 찾는 중이라면 저기 뒤에 있는 신종 인플루엔자 A/H3N2한테 가서 물어봐. 정말 쉽게 안 떨어지는 놈이지. 절대, 완전히 떨어지지는 않는다는 소문도 있고……."

정신이 혼미하다. 스도쿠를 풀려고 애쓴다. 숫자가 눈앞에서 둥둥 떠다닌다. 옆자리 여자가 말을 건다. "우리 집에도 그런 잡지가 있는데……. 그 문제도 벌써 풀어 봤어요. 답이 0, 1, 2, 3, 4, 5, 6, 7, 8, 9예요." 나는 고맙다고 인사하고 돌아앉는다. 그녀의 유행성 감기까지 받아들일 마음은 추호도 없다.

기분을 전환하려면 스도쿠 푸는 것보다 덜 힘든 일을 해야 한다. 호흡법이 어떨까? 숨을 들이마시고, 내쉬고, 들이마시고, 내쉬고……. 에잇, 빌어먹을, 호흡도 너무 힘들다. 엄청 큰 몽둥이가 다시 내 머리의 종을 후려갈긴다. 으악! 나는 다시 황홀경에 빠져든다. 진동이 약해졌다고 느끼는 순간 벌써 진료실에 앉아 있다. 의사가 심각한 표정으로 나를 바라본다. 그리고 나와 이런저런 대화를 시작한다. 이런 증상이 얼마나 오래됐나요? 등등.

"알겠습니다. 먼저 두통약을 처방해 드리지요."

"아니, 그게, 정식 두통은 아니고요. 머리가 멍하다고 하는 편이 더 맞겠네요."

"아마 더 심한 두통을 느끼실 겁니다. 정말로 심할 거예요."

"흠……. 제가 무슨 병에 걸렸는지 알려 주실 수 없나요?"

의사의 표정이 더 심각해진다. 한참 곰곰이 생각하다가 컴퓨터에 뭐라고 적어 넣는다.

"아직은 말씀드릴 수 없어요. 하지만 너무 걱정 마세요. 얌전하게 계시면 아무 일도 일어나지 않을 테니까요. 잠시 앉아 계세요. 감기 테스트 시약을 가져올게요."

의사가 문을 열고 나간다. 나는 그녀가 방금 전 심각한 표정으로 걱정스럽게 입력한 글자를 모니터에서 읽으려고 책상으로 달려간다. 그러다 낮게 드리워진 책상 등에 머리를 제대로 부딪친다. 천둥 같은 소리가 난다. "아야!!!" 신음하는 나의 두개골을 조심스럽게 컴퓨터 방향으로 밀어서 글자를 읽어 낸다. 이렇게 쓰여 있다. "제가 말씀드렸죠? 얌전하게 계시라고. 두통 처방전은 앞에 놓여 있어요."

재미난 의사가 돌아온다. "와우, 브라보! 덕분에 제가 졌네요. 아까 통화하셨던 간호사랑 환자 분을 두고 내기를 했거든요. 어쨌든 덕분에 우리 환자들이 얼마나 의사의 지시를 따르지 않는지 확실히 알게 되었습니다. 간호사가 그러더군요. 환자 분의 문제의식을 일깨우는 데에는 책상 등을 낮게 내려놓는 것보다 더 좋은 방법이 없다고 말이지요."

나는 머리를 문지른다. 간호사가 정말로 나에 대해 고민을 많이 한 모양이다. 나를 무지 좋아하는 것이 틀림없다. 나는 은은한 미소를 짓는다. 그러다 의사가 아직도 이야기를 계속하고 있다는 사실을 깨닫고 소스라치게 놀란다.

"……알아들으셨죠?"

"에……? 아, 네, 물론입니다."

"좋아요. 며칠 얌전히 계시면서 천천히 죽을 드시면 저절로 나을 겁니다. 그래도 낫지 않으면 약을 드세요. 처방전은 거기 있고요. 약을 드실 때는 반드시 제가 설명한 그대로 드셔야 합니다."

나는 고개를 끄덕인다.

"그렇지만 며칠간 아무것도 하지 않고 푹 쉬시면 훨씬 좋아질 겁니다. 왜 질병을 선물이라고 생각하지 않으세요?"

* * *

그랬다. 정말 그랬다. 왜 그렇게 생각하지 않았던 걸까? 어쨌든 나의 선물은 사흘 뒤에도 다시 한 번 나를 깜짝 놀라게 했다. 4회전 혹은 5회전이나 뛰고도 전혀 싫증을 내지 않는 상대 선수에게 계속 얼굴을 가격당하는 권투선수의 당혹스러움과 비교할 만했다. 감기약이 어쨌든 효과가 없지는 않았다. 머리에 있는 종이 거대한 팝콘으로 변신했다. 뜨거운 기름에 들어가 지글지글 끓다가 언제 터질지 모르는 팝콘 말이다. 팝콘은 언젠가 반드시 터질 것이 분명하다. 지금 나의 심정은 오직 변화를 갈망하는 마음에서 통제 불능의 무시무시한 재앙을 고대하는 사람과 비슷하다. 의사한테 전화를 걸어 정확한 약 복용법을 한 번 더 물어볼 걸 그랬나?

친구 페터가 집에 오자 나는 너무 가까이 오지 말라고 주도면밀하게 경고한다. 내가 만진 것은 아무것도 만지지 말라고, 나와 접촉한 것은 스치지도 말라고.

"독하디독한 유행성 감기에 걸렸어. 전문가들이 한목소리로 말하기를 정말로 악독한 진짜 독감하고 이름만 다를 뿐, 다른 건 다 똑같대. 그러니까 제일 성가신 친구한테도 옮기고 싶지 않은 감기라는 거지."

페터가 잠깐 움찔하더니 말한다. "아하, 그거, 나도 걸렸었어."

"뭐라고?"

"나라면 제일 성가신 친구한테 하사할 텐데. 그건 그렇고 말이야."

그가 갑자기 완전히 흥분하더니 모레 오전에 자기 집을 구입한 투자 회사 직원하고 만나기로 약속을 잡았다고 설명한다. 이제부터 그 회사가 집이란 집은 몽땅 사들여 펜션이나 고급주택으로 개조할 것이라면서 말이다. 페터는 날더러 그 약속에 자기 법률 자문 역할로 같이 가자고 우긴다. 가서 우리의 호의를 표현하는 차원에서 그 직원들과 돌아가면서 힘차게 악수를 나누어야 한다는 거다.

나는 손사래를 친다. "나 아프다니까. 내가 이 집 밖으로 나갈 수 있는 건 의사한테 가거나 약국에 갈 때뿐이야. 뭐, 들것에 실어 준다면야 공동묘지까지는 가 줄 수 있겠지."

그래도 페터는 고집을 꺾지 않는다. "책임을 회피해서는 안 되지. 운명이 너한테 이 바이러스를 아무 이유도 없이 선사했겠냐? 그 바이러스와 힘을 합쳐 보다 나은 세계를 위해 투쟁하는 것이 너의 신성한 의무란 말이야. 이제 넌 생물학적 무기거든."

"내가 감기 바이러스 무장 게릴라라도 된단 말이야?"

"아니, 그보다는 스파이더맨 같은 거지. 변종 거미 대신 변종 감기한테 물린 거고. 말하자면 그렇다는 거야. 어쨌거나 넌 지금 그 바이러스 덕분에 통제 불능의 막강한 힘을 갖게 된 거지."

잠깐 동안 나는 의사가 말한 선물이 이런 뜻인가 고민한다. 그리고 지금 당장 손을 잡고 악수를 나누고 싶은 얼굴들을 떠올린다. 내 얼굴에 미소가 떠오른다. 하지만 바로 그 순간 마침내 내 머릿속에서 거대한 팝콘이 폭발한다.

치커리 소시지

"흠, 냄새가 좋은데요." 아름다운 택배 아가씨가 작은 상자를 건네주며 말한다.

나는 "알아요"라고 웅얼거리면서 그녀에게 착불 배송료를 건넨다. 이 냄새도, 착불 배송료도 이미 오래전부터 잘 아는 사이다.

무려 20년도 훨씬 전에 나는 당시의 여자친구와 프랑켄 지방에 사는 그녀의 부모님을 찾아갔었다. 아침식사로 별로 먹고 싶지 않은 이상한 소시지가 나왔는데 그녀의 엄마가 어찌어찌 나를 꼬드겨 내 빵 위에 그 소시지를 얹어 주었다. 맛은 특별할 것이 없었다. 솔직히 아무 맛도 안 났다. 하지만 어떠냐는 질문에 나는 예의상 "정말 맛있다"고 대답했다. 나중에 생각해 보니 그것은 참으로 중대한 실수였다.

여자친구의 엄마는 그 "정말 맛있다"를 형언할 수 없는 기쁨의 분출로 해석하였고, 그것을 다시 "그는 이 소시지를 너무너무 좋아해서 이제 이것이 없으면 도저히 살 수가 없다"라는 확신으로 탈바

꿈시켰다. 그리고 그날 이후 주기적으로 프랑켄에서 소시지를 부쳤다. 그리하여 딸은 이미 20년 전에 내 곁을 떠났건만, 그녀의 엄마와 소시지는 여태껏 내 곁에 남아 있게 된 것이다.

사실 그건 그리 특별한 일은 아니다. 일생 동안 나는 수많은 여자들을 떠났다. 아니, 더 정확히 말하자면 많은 여자들이 나를 떠났다. 하지만 그 어머니들은 거의 모두가 지금껏 정절을 지키고 있다. 내가 엄마들에게 일종의 '베프'가 된 셈이다. 20년 전의 여자친구 마이케는 심지어 불특정 기간 동안 자기 엄마의 친구 노릇을 해 주면 그 대가로 함께 수집한 만화를 나한테 넘겨주겠다는 조건을 걸기도 했다. 물론 덕분에 마이케는 그 후에 사귄 남자친구들의 안전을 도모할 수 있었고, 그녀의 엄마는 정기적으로 소시지를 보낼 수 있는 남자친구를 얻게 되었다. 그러다가 마이케가 임신을 하는 바람에 이런 구도가 너무 복잡해지자 그녀도 하는 수 없이 새 남자친구를 자기 집에 소개하였다.

하지만 그 이후에도 마이케의 엄마는 계속해서 나를 너무너무 좋아해 주었다. 더 중요한 건 계속해서 나에게 소시지 택배를 보냈다는 사실이다.

소시지는 치커리 살라미로, 클룸바흐에 있는 그 마을 정육점에서만 판매하는 지역 특산물이다. 그 말은 그 마을에 가도 이제 더 이상 치커리 살라미를 살 수 없다는 뜻이기도 하다. 정육점 주인이 평소에는 그 소시지를 만들지 않기 때문이다. 치커리 살라미를 판매

메뉴에서 뺄 때 그가 제시한 이유는 "맛있다고 하는 사람이 하나도 없다!"라는 것이었다. "자네 딱 한 사람밖에 없어." 어머니가 자부심을 감추지 못하고 나에게 말했다. "치커리 살라미를 너무너무 아끼는 사람은 자네밖에 없어. 그래서 내가 정육점 주인을 계속 졸랐지. 자네를 위해 몇 개만 따로 만들어 달라고 말이야."

그런 사연으로 대략 여섯 달에 한 번꼴로 이 괴상망측한 냄새를 풍기는 택배 상자가 우리 집에 도착한다. 그리고 택배 기사들이란 착불 택배에 더 정성을 쏟는다는 마이케 엄마의 미심쩍은 논리 때문에 요금도 항상 착불이다. 받아야 할 돈이 있으니 배송에 더 신경을 쓸 거라는 엄마의 논리에 경의를!

오래전 착불을 거부하여 반송시키는 방법으로 소시지 문제를 은근슬쩍 우아하게 해결하려 했던 나의 노력은 무참한 실패로 끝났다. 마이케의 엄마가 우리 부모님 댁으로 바로 전화를 걸어서 아무래도 내가 죽은 것 같다고 알렸던 것이다. 그녀는 자기가 보낸 소시지가 반송되어 왔다면서 그런 중대한 일을 소시지가 반송되어 와야 겨우 알 수 있는 것이냐고, 진즉에 조용히 카드라도 한 장 보내 줄 수 없었느냐고 불만을 토로했다고 한다.

우리 부모님은 즉각 나에게 전화했다. 진땀을 빼며 나의 생존 사실을 부모님께 겨우 설득시킨 후에야 나는 다시 마이케의 엄마에게 전화를 걸어 왜 나한테 전화하지 않고 부모님 댁으로 전화했냐고 물었다.

그러자 마이케의 엄마는 죽은 사람한테 전화를 한다는 상상만 해도 너무 무서웠다고 대답했다. 그 대답에 나는 단연코 죽지 않았다고 항변했지만 그녀는 이런 말로 자신의 견해를 더욱 굳건히 다졌다. "그러니까 말이야. 자네가 죽었는데 아직 살아 있다는 게 더 무시무시한 것 같아."

그 사건 이후 나는 순순히 착불 배송료를 지불하고 고약한 냄새를 풍기는 치커리 소시지를 받아들였다.

지금의 내 여자친구는 마이케의 엄마와 터놓고 이야기를 하는 게 어떠냐고 말한다. 마이케의 엄마에게 내가 그녀를 좋아하는 건 맞지만 소시지는 전혀 좋아하지 않는다는 진실을 털어놓으라고 말이다. 하지만 그건 수학적으로만 계산해 봐도 절대 바람직한 방법이 아니다. 그녀를 20년간 속였다는 사실을 고백하는 것과 마찬가지이니, 한순간의 진실을 위해 20년간의 거짓말을 패로 내놓아야 하기 때문이다. 득 될 것이 없다. 마이케의 엄마에게도 진실 따위가 뭐가 그리 중요할까? 그저 좋은 소시지와 함께 한 20년 동안의 추억만 망가뜨릴 뿐이다.

그래서 나는 우리 딸이 하루빨리 예의 바르고 수줍음을 많이 타는 남자친구를 데리고 올 날만 손꼽아 기다린다. 이 치커리 살라미를 몇 조각 그의 빵에 억지로 얹어 줄 그날을……. 그가 "정말 맛있어요" 비슷한 말을 내뱉는 순간, 바로 소시지는 몽땅 그의 차지가 될 것이므로.

덧붙이는 이야기: 최근에 한 여성 독자가 내가 쓴 이야기들이 정말 사실인지 물었다. 책에 등장한 이야기들과 똑같은 일들이 정말 일어났는지 아니면 상당 부분 내가 지어낸 것인지 묻는 질문이었다. 자기가 보기에는 진실과 허구가 섞인 것 같은데 진실의 비율과 허구의 비율이 평균적으로 어느 정도나 되느냐며 궁금해했다. 이런 질문을 워낙 자주 받기 때문에 나는 이 자리를 빌려 최종적으로 해명하고 싶다. 내가 책에 쓰는 이야기는 전부 완벽한 진실이다. 한 글자도 빼놓지 않고 100퍼센트 진실이다.

물론 약간의 한계가 있다는 것은 인정한다. 모든 일이 정확하게 똑같이 일어나지는 않았다. 안타깝게도, 아니 오히려 다행스럽게도.

솔직히 우리가 매일 마주치는 사건들에서 진짜 진실을 경험하기란 하늘의 별 따기다. 다들 알 것이다. 대부분은 전혀 쓸모없는 일들만 일어난다. 이상하고 괴상망측하며 신경을 긁어 대는 쓰레기들, 아무짝에도 쓸데없으면서 괜히 잘난 척하며 하루 종일 삑삑 울리는 현실의 소음들 말이다. 그러니 진실은 각자 알아서 생각해야 한다. 한마디로 진실을 찾는 자가 현실에서 찾을 수 있는 것은 없는 법이라고 할까?

그럼에도 불구하고 나의 모든 이야기는 대부분 실제 일어난 사건에 기반을 두고 있다. 물론 내가 살짝 진실로 장식을 한다. 현실과 진실의 비율은 수시로 달라진다. 하지만 보통의 비율이 어느 정도인지 대략이나마 보여 드리기 위해 '치커리 소시지 이야기'로 완성된 그날의 순수한 체험을 실제 일어난 그대로 정확하게 묘사해 볼까 한다. 눈곱만큼도 미화하지 않은 진짜 사건은 이렇다.

* * *

"흠, 냄새가 좋은데요." 아름다운 택배 아가씨가 내게 상자를 건네며 말한다. 그러니까 정확히 말하면 택배 아가씨는 "흠"이라고 하지 않고 "엥"이라고 하며, "냄새가 좋은데요"가 아니라 "냄새가 이상한데요!"라고 말한다. 그리고 그렇게 말한 사람은 아름다운 택배 아가씨가 아니라 누가 봐도 한잔 걸친 데다 면도도 하지 않은 익스프레스 배송 직원이다. 인정머리라고는 콩알만큼도 없는 사장한테 악랄하게 착취를 당한 분풀이로 어젯밤 뭘 먹었는지, 실수로 너무 가까이 다가간 선량한 고객은 이 자가 뭘 먹었기에 하루가 지난 오늘까지도 그의 숨결에서 상자의 내용물조차 도저히 따라갈 수 없을 만큼 공포를 유발하고 코를 마비시키는 고약한 냄새가 풍기는 걸까 궁금해하지 않을 수 없다. 더구나 익스프레스 배송 직원치고는 의상이 너무 자유분방하다. 물론 그의 셔츠가 유니폼인지 잠옷 윗도리인지 아니면 그 둘 다인지 불명확하다는 사실은 당연히도 소포 전달이라는 순수한 행위와는 별 관련이 없다.

나에게 "엥, 냄새가 이상한데요!"라는 말로 상자를 건네준 후에도 익스프레스 배송 직원은 한번 터진 입을 좀처럼 다물 줄 모른다. 자기가 이 건물 지하실 공장에 새로 이사를 왔는데 오늘 아침 아름다운 택배 아가씨한테서 이 상자를 건네받았고, 너무 냄새가 심해서 지금 다시 한 번 벨을 눌렀더니 내가 인터폰으로 대답하는 바람에 상자를 들고 여기까지 올라와야겠다고 결심했단다.

나는 다정하게 우물거린다. "안 그래도 지하실 공장으로 새로 입주한 분이실 거라고 생각했지요."

그는 상자에 뭐가 들었기에 이렇게 냄새가 나는지 아느냐고 묻는다.

나는 상자에 뭐가 들었기에 이렇게 냄새가 나는지 안다고 대답한다.

그가 기다린다.

나도 기다린다. 그러면서 인생의 값진 시간을 이렇게 허비하다니 말도 안 된다고 생각한다. 나는 그에게 지하실에서 어떤 공장을 운영할 거냐고 묻는다.

"쥐스 호스텔요."

"네?"

"쥐스 호스텔, 왜 거 있잖습니까? 베를린을 찾은 전 세계 청년들이 묻는 숙소. 쥐스 호스텔! 못 들어 봤어요?"

"아니, 아니, 들어 봤죠. 그렇게 발음을 하셔서 잠깐 동안 진짜 주스 호스텔이 들어올 거라고 기대를 했습니다. 그러니까 주스 숙소, 일종의 음료수 창고 같은 것 말이에요. 베를린을 찾은 전 세계 젊은 음료들이 묵는 숙소."

그가 아무도 먹지 않는 스테이크 접시의 샐러드처럼 상처 입은 표정으로 나를 본다. "아니, 그런 말이 아니고. 쥐스 호스텔요."

"흠. 제가 아는 한 지하실 면적은 기껏해야 60평인데요. 유스 호스텔을 하기엔 너무 작지 않아요?"

"그렇지 않아요. 창고 방 두 개까지 합하면 거의 75평은 되거든요. 비용 절감에 애쓴다면 침대 서른두 개만 있어도 수익성이 괜찮은 쥐스 호스텔을 꾸릴 수 있을 거예요. 제 신조가 '작지만 근사하게'거든요. 가족적인 분위기에 더 심혈을 기울일 거예요."

나는 잠시 가족적인 분위기란 것이 처음부터 혈육 관계가 존재한다는 말인지, 그러니까 서른두 명이나 되는 사람이 최대 75평의 공간에서 함께 살기 전부터 존재한다는 말인지, 살고 나서야 존재한다는 말인지 고민한다. 하지만 그건 어쩌면 개인적인 문제일지도 모르겠다. 그래서 지하실 호스텔에서 아침식사로 무엇을 제공할 예정인지 묻는다. 우연히 세상에 단 하나밖에 없는 프랑켄 특산 소시지를 손에 넣은 참이라고 말하면서.

"괜찮은데요." 미래의 유스 호스텔 주인이 대답한다. "맛이 어때요?"

"냄새하고 똑같아요." 나는 그렇게 대답하면서 상자를 가리킨다.

"입맛에 딱 맞다고 하실 것 같은 예감이 드는데요."

일이 그렇게 되었던 것이다.

협박

아침에 현관 문 앞에 시체가 누워 있다. 나는 생각한다. 와우! 누군지 일찍도 서둘렀군. 봄이 문 앞에 와 있다고 생각했더니 봄 대신 죽음이 와 있다. 여태껏 봄이 내 기분을 울적하게 만든 적이 한 번도 없었다는 듯이. 울적한 기분은 현관 매트에 죽은 쥐가 놓여 있다고 해서 절대로 더 나아지지 않는다.

여자친구와 딸에게 혹시 죽은 쥐를 주문한 적 없는지 물어본다. 둘 다 자기는 절대 아니라고 맹세한다. 심지어 내가 장난을 치고 있다고 생각한다. 내가 왜? 내가 아침 7시에 장난칠 사람으로 보이나? 나로 말씀드리자면 아침 7시 전에는 아예 존재하지를 않는다.

쓰레받기를 가져와 쥐를 떠서 증거로 두 여자에게 보여 준다. 참고로 둘 다 아직 침대에서 나오지도 않았다. 싸움이 벌어진다. 그 시각치고는 심각하게 시끄러운 싸움이다. 물론 한쪽이 일방적으로 악을 쓰는 것을 두고 싸움이라고 부르는 것이 맞는지 모르겠지만. 나에게 쏟아진 비난의 핵심을 간추려 보면 이렇다.

1) 꼴도 보기 싫다.

2) 해도 해도 너무한 장난이다.

3) 당장 쓰레받기를 치워라.

그게 지금 정말로 그렇게 '주-웅-요'하셨다면 그런 식으로 나를 향해 악을 쓰는 것은 상당히 멍청한 짓이었다. 나는 당연히 그 고함소리에 깜짝 놀랄 테니 말이다. 너무 격하게 놀란 나머지 쓰레받기를 나도 모르게……. 그러니까 충격을 받아서……. 다들 아시죠?

접촉의 시간은 찰나의 순간이었지만 나는 이불과 매트리스 커버를 싹 갈아야 했고 매트리스가 부서져라 탈탈 털어야 했다. 정말 접촉이랄 것이 거의 없었다. 단 1초도 머물지 않고 그냥 스쳐 지나갔을 뿐이다. 그러나 거실이나 침대의 설치류에 관해서라면 모든 숙녀분들이 세대를 불문하고 합리적 판단에 관심을 보이지 않는 경향이 있다.

어차피 오래전부터 정말로 궁금한 수수께끼였다. 물론 마피아 영화에서 죽은 동물이 분명한 메시지를 전달한다는 것쯤은 나도 알고 있다. 우편함에 든 죽은 새는 경찰에 알리지 말라는 뜻이다. 침대의 말대가리는 특정 여인을 멀리하라는 뜻으로 추정할 수 있다. 하지만 트렁크 속에 든 죽은 숫염소의 의미는 전혀 모르겠다. '추월하지 마라', 뭐 그런 뜻인가?

이윽고 나는 합리적인 인간이라면 누구나 마땅히 하게 될 생각을 하게 되었다. 말하자면 이런 것이다. 대체 이건 뭐지? 마피아가 무슨 말이 하고 싶어서 죽은 쥐를 우리 집 현관 매트에다 던져 놓고 갔을까? 곧 여러 편의 마피아 영화를 섭렵하였지만 도통 쓸 만한 결론이 나지 않았다. 그러다가 마침내 도달한 결론. '그들이 실수한 거야. 뭐, 그럴 수도 있지. 사람을 잘못 안 거야.' 다만 이제 곧 발에 돌덩이를 매달고 슈프레 강에 빠져 죽을 그 남자가 불쌍할 따름이었다. 죽는 순간 그는 왜 아무도 24시간 전에 자기 집 현관 매트에 죽은 쥐를 던져 놓지 않았는지 몹시 궁금해할 것이다. 그리고 정말로 화가 날 것이다. 그의 패밀리는 도덕의 타락을 탄식할 것이다. 그 업계 사람들 사이에선 그런 탄식이 흔한 법이니까.

사흘 후 더 구역질 나는 장면이 펼쳐지지 않았더라면 나는 그 일을 금방 까맣게 잊어버렸을 것이다. 그날 현관 매트에 또다시 쥐 한 마리가 놓여 있었다. 그런데 이번에는 살짝 찢어 놓았다. 대충 네 조각으로 나누어 매트 위 곳곳에 흩어 놓았다. 세상에나. 저거 좀 봐. 요즘 마피아는 할부네!

내가 쥐의 조각들을 쓰레받기로 쓸어 올리려는 순간, 갑자기 바로 내 앞에 그녀가 등장한다. 미동도 없이 약간 혐오스럽다는 듯 조롱기 어린 시선으로 나를 쏘아보면서 따분한 모양인지 그르렁거린다. 석 달 전 2층으로 이사 온 젊은 약학과 여대생 야니 슈나이더의 고양이다.

잠시 후, 그러니까 약 30초 후 나는 슈나이더 양에게 사건의 전

말을 고해바친다. 그녀는 슬픔과 죄책감이 뒤섞인 표정으로 고개를 끄덕인다. 안 그래도 그런 일이 일어날까 봐 노심초사하고 있었단다. 힐데가르트 폰 빙엔(독일의 성녀 이름—역주), 즉 그녀의 고양이는 안마당을 어슬렁거리다가 쥐나 새를 보면 잽싸게 잡아서 제일 꼭대기 층으로 가져가는 버릇이 있다는 것이다. 고양이는 그것을 선물이라고 생각한단다. 그런데 문제는 그녀가, 그러니까 슈나이더 양이 어떻게 하면 고양이의 버릇을 고칠지 전혀 감이 없다는 데 있다. 그녀는 묻는다. "힐데가르트 폰 빙엔이 사나흘에 한 번씩 죽은 쥐나 새를 현관 매트에 갖다 놓는 것이 정말로 무시무시하게 괴로우신가요?"

나는 지금까지 한 번도 그 문제에 대해 확고한 견해를 가져 본 적이 없었노라고 고백할 수밖에 없다.

* * *

이 자리를 빌려 잠깐 언급하고 넘어가야겠다. 나는 농촌에서 나고 자랐다. 그런 만큼 동물의 죽음은 세상에서 가장 평범한 일 중 하나였다. 다섯 살 때 처음으로 죽음을 목격했다. 주인공은 할아버지가 우리 집 암소들과 붙이려고 빌려 왔던 씨수소 아폴로였는데, 한창 거사를 치르던 중 갑자기 심근경색을 일으켜 즉사하고 말았다. 당시 현장에 있던 많은 사람들은 이를 아름다운 죽음이라고 평했다. 하지만 그들이 뭘 안단 말인가? 나는 전혀 아름답지 않다고 생각한다. 산 사람이 죽음에 대해 뭘 알겠는가? 그저 소문으로 들어 안 것인 데다 그 소문마저 대부분은 죽은 당사자한테 들은 것이 아니다.

어쨌거나 당시 나로서는 그 죽음의 원인이 약간 충격적이었다. 할아버지는 씨수소 아폴로가 우리 암소들하고 같이 노래만 부를 것이고, 그렇게 하면 몇 달 후에 암소들이 송아지들을 낳을 것이라고 설명하셨다. 나는 정말이지 명쾌한 설명이라고 생각했다. 할아버지 역시 자신의 설명에 흡족해하셨다. 씨수소와 암소들이 일을 치를 때는 그에 합당한 소음이 유발되기 마련이니 말이다.

그랬기에, 아폴로가 죽은 후 내 머릿속엔 엄청나게 많은 질문들이 샘솟았다.

같이 노래를 부르기만 해도 죽을 수 있을까? 어떻게 하면 노래를 하다가 죽을까? 사람도 그럴까? 같이 노래를 부르면 죽기만 하는 게 아니라 아기도 낳을까? 사람도 같이 노래를 부르면 아기를 낳을까? 정말 그렇다면 신디와 버트(독일의 부부 듀엣—역주)는 아이를 수천 명도 더 낳았을 텐데 왜 그들에겐 아이가 없을까?

나중에 할아버지는 아폴로가 그냥 너무 피곤해서 죽은 것이라고 설명해 주셨다. 사육사가, 그러니까 씨수소의 주인이 돈 욕심 때문에 아폴로에게 노래를 너무 많이 시키는 바람에 그런 거라고 말이다.

어쨌든 내가 잠깐 삼천포로 빠져 장황하게 아폴로의 이야기를 늘어놓은 이유는 나의 말과 행동을 설명하기 위해서다. 농촌에서 나고 자란 농촌의 아들에게 동물의 죽음은 너무나도 자연스럽고 정상적인 것이기에, 나는 힐데가르트 폰 빙엔을 안락사시키고 대신 더 교육을 잘 받은 다른 고양이를 데려오는 것이 어떠냐고 제안했다. 내가 보기엔 너무나 합리적이고 오랜 고민을 거쳐 나온 해결 방안이었다.

하지만 모두가 그렇게 생각하지 않았다. 아니, 정반대였다. 나는 갑자기 나쁜 놈이 되었다. 슈나이더 양은 물론이고 우리 가족들도 나를 치가 떨리는 나쁜 놈 취급했다. 하는 수 없이 나는 속죄의 의미로 우리 할아버지라면 절대 이해 못 했을 짓을 할 수밖에 없었다. 슈나이더 양과 힐데가르트 폰 빙엔을 데리고 얼마 전까지만 해도 같은 행성에 거주하고 있다고는 상상하지 못했던 누군가를 찾아간 것이다. 바로 고양이 심리학자로, 내가 제대로 알아들었다면 그는 최면 비슷한 것을 이용해 힐데가르트 폰 빙엔이 다시는 죽은 쥐를 우리 집 대문 앞에 갖다 두지 못하도록 만들겠다고 했다. 혹은 일이 뜻대로 되지 않을 경우 내가 죽은 쥐를 진심으로 반기거나 아예 쳐다보지를 않거나, 그도 아니면 아침 7시 전에는 아예 이 세상에 존재하지 않게끔 만들겠다고 했다. 두둥! 나는 두근거리는 가슴을 안고 초조하게 기다리고 있다.

한 가지만 더 이야기하고 싶다. 씨수소의 그런 일을 겪고도 당시 우리 집 암소 두 마리는 임신을 했다. 새끼를 밴 것이다. 나중에 그

두 마리 송아지 중 한 놈을 팔아서 나의 첫 자전거를 샀고, 그 자전거로 나는 자전거 타는 법을 배웠다. 그래서 지금까지도 매년 봄이 되어 겨우내 타지 않던 자전거를 꺼내 처음으로 페달을 밟는 순간마다 나는 내가 이 멋진 자전거 기술을 익히기까지 아폴로가 얼마나 엄청난 대가를 치렀는지 생각하게 된다. 봄이면 늘 기분이 살짝 울적해지는 이유 중에는 아마 아폴로의 희생도 포함되어 있지 않을까?

나도 그렇게 팔자 편하게 살아 봤으면 좋겠네

학부모의 밤 행사에 갔다가 2주일 후면 학생의 날이 돌아온다는 사실을 알게 되었다. 솔직히 선생님들만 신나는 날이다. 애들도 학교에 안 가서 좋겠지만 그날 하루 애들을 거둬야 하는 부모 입장에서는 고민이 만만치 않다. 나는 그런 날에 창대한 계획을 세우는 부류가 아니다. 어떻게 하다 보면 수가 생기고, 안 되면 다른 부모의 아이디어에 슬쩍 묻어가면 그만이다. 찾아보면 머리를 쥐어짜서 심오한 계획을 세우는 사람들이 적지 않으니까.

그런데 학부모의 밤 행사에서 헤어지기 전 세르게이의 아빠가 엄청나게 큰 소리로 교실 저 건너편에 있는 사람들까지 다 들리도록 나한테 묻는다. 학생의 날 애들을 수영장에 데려간다고 했다던데 그게 사실이냐고.

나는 순발력 있게 대답했다. "예?"

그가 환한 미소를 지으며 나를 쳐다본다. "어차피 낮에 할 일도 없는데 애들 데리고 수영장 가서 느긋하게 오전 시간 보내면 되겠네요.”

나는 당혹감이 묻어나는 침묵으로 첫 번째 대답을 더욱 구체화시킨다.

그러나 순식간에 다른 부모들까지 우르르 몰려와서 나에게 축하 인사를 건넨다. “정말 멋진 아이디어예요! 낮에 수영장에도 갈 수 있고, 정말 좋겠어요. 나도 그렇게 팔자 편하게 살아 봤으면 좋겠네.”

나는 다시 언어 능력을 회복하여 반격에 나선다. “수영장 안 가요.”

영리한 다른 부모들은 내 말이 안 들리도록 목소리를 더 높여 떠들어 댄다. “수영장이라니, 정말 재미있겠다. 몸에도 좋고 말이야.”

나는 다시 한 번 고함을 지른다. “수영장 안 간다니까요.”

아무도 내 말을 듣지 않는다. 부모들은 흥분하여 떠들어 대면서 교실을 나간다. “오랜만에 기분 전환도 될 거고. 참 팔자도 좋지. 부럽다.”

문이 닫힌다. 그들이 킥킥대며 서둘러 달아나는 소리가 들린다.

* * *

다음 날 밤 여자친구는 깜짝 놀란다. “생각도 못 했어. 정말 애들 데리고 수영장에 가겠다고 했어?”

“그럴 생각 없어.”

“다들 당신이 엄청 좋아라 했다던데.”

"난 안 좋아. 아무도 내 말을 안 들었어."

"그러니까 모두들 당신이 엄청 좋아라 했다는데 이번에도 또 당신만 의견이 다르시다, 이 말씀이군. 나머지 온 세상이 맞고 당신이 틀렸다고 한 번쯤 생각해 볼 수는 없는 거야?" 그녀가 웃는다.

뭐, 좋다. 내가 애들을 데리고 수영장에 가면 모두가 정말로 행복해진다는데 굳이 마다할 이유가 있나. 끔찍한 날이 된다면 적어도 내 생각이 옳았다는 증거는 된다. 내가 옳다는 것을 입증해 주는 끔찍한 반나절, 뭐 그 정도야 동의해 줄 수 있는 코스다.

약 2주일 후 나는 뫼커른브뤼케 지하철 역에서 열 살짜리 아이들 아홉 명을 넘겨받는다. 그리고 30분 후 이 코스가 정말로 괜찮을지 더 이상 확신할 수가 없어진다.

코트부서 토어 역에서 세르게이가 자기 수영 가방을 뫼커른브뤼케 역의 벤치에 놓고 왔다고 말한다. 모두들 내려 세 정거장을 되돌아간다. 그런데 지하철 경찰대원 한 명이 수영 가방 옆에서 기다리고 있다. 그가 얼굴을 빠르게 씰룩거리면서 폭탄이 어쩌고 위험이 어쩌고 떠들어 댄다. 5분만 더 늦게 갔더라면 아마 지하철 1호선을 폐쇄하고 수영 가방을 폭파시켰을 것이다. 그가 내게 가까이 오라고 손짓을 하는 동안 아이들은 홀딱 빠져 넋을 잃고 쳐다본다.

나는 그 가방 안에는 수영복밖에 없다고 차분히 설명한다.

그가 미소를 짓는다. "아이고, 낮에 수영장도 다 가시고. 나도 그렇게 팔자 편하게 살아 봤으면 좋겠네."

두 정거장을 갔을 때 이번에는 카롤리네가 수영 가방을 두고 왔다고 말한다. 일부러 그랬단다. 다름 아닌 폭파 장면을 보고 싶어서. 그래서 수영복은 꺼내 들고 왔다는…….

다른 아이들이 좋아서 난리가 난다. 우리는 코트부서 토어에서 내려 다시 돌아간다. 그런데 이때, 카롤리네가 수영 가방에 자기 이름을 써 놓았다는 사실을 떠올린다. 미차가 그건 경찰이 수영 가방과 카롤리네의 연관성을 밝힐 수 있는 단서가 될 것이라고 추정한다. 카롤리네가 불안에 떨기 시작한다.

뫼커른브뤼케 역을 아무리 찾아봐도 수영 가방은 없다. 카롤리네가 울음을 터뜨린다. 나는 아이를 달래면서 누가 집어 갔거나 버렸을 것이라고 설명한다. 하지만 아이들은 내 말에 동조하지 않는다. 분명 경찰이 카롤리네를 찾고 있을 것이라고 큰소리로 떠들어 댄다. 악틴은 이럴 경우 인터폴이 직접 개입할 것이라고 주장하고, 레오는 열 살짜리 카롤리네에게 이제부터는 절대 신용카드로 결제하지 말고 어디든 지문을 남기면 안 된다고 충고한다.

모두가 이렇게 극도로 흥분했지만 나는 아이들을 잘 설득하여 다시 한 번 수영장으로 향하는 전철에 올라탄다.

근데 내가 왜 이런 짓을 하고 있지?

카롤리네의 엄마가 내 휴대전화로 전화를 건다. 출근길에 뫼커른브뤼케 지하철 역에서 자기 딸의 수영 가방을 발견했다는 것이다. 그래서 아무 일 없는 것인지 살짝 걱정이 된다고 한다.

나는 걱정하는 엄마들이 듣고 싶은 유일한 정답을 발사한다.

"여기는 아무 이상 없습니다. 카롤리네가 엄마가 조금 보고 싶다고 하네요." 언제 어디서나 모든 엄마들에게서 아주 좋은 반응을 끌어내는 마법의 문장이다.

카롤리네의 엄마가 웃는다. "저런, 다들 정말 재미있나 보군요. 수영 가방은 자칫하면 잃어버리기가 쉬워요. 근데 낮에 수영장에도 가시고, 나도 그렇게 팔자……."

나는 전화를 끊는다.

10분 후 드디어 수영장에 도착한다. 안도의 한숨이 나온다. 하지만 그것도 잠시, 차라리 하루 종일 뫼커른브뤼케 역과 괴를리처 역을 지하철을 타고 오가는 편이 더 나았을 것이라는 생각이 밀려온다.

수영장은 만원이다. 정말, 제대로 만원이다. 당연하다. 학생의 날 아닌가. 기나긴 하루가 죽을 맛인 부모들이 자기 아이와 다른 집 아이들을 끌고 모조리 수영장을 찾았을 것이다.

탈의실에 발을 들여놓는 순간 벌써부터 고온다습한 수영장 공기가 일격을 가한다. 숨이 턱턱 막히는 이 수영장의 마취제가 곧바로 밀어닥친다. 열기의 격랑을 동반한 채. 갓 부친 계란프라이 위에 몸뚱이 전체를 올려놓은 느낌이다. 듣기엔 상당히 에로틱하지만 효과는 별로 그렇지가 않다.

나는 땀을 삐질삐질 흘린다. 아이들은 고함을 지른다. 무섭거나 좋아서가 아니다. 일종의 전통이다. 수영장에 가면 누구나 고함을 지른다. 아이들에겐 그런 전통을 습득하는 예민한 감각이 있다. 나는 땀을 흘린다. 얼른 옷을 갈아입고 싶지만 악틴이 팔꿈치를 어딘가에 부딪치는 바람에 먼저 위로해 주어야 한다. 세르게이의 보관함이 빽빽하다. 율레는 덥다고 난리다. 마틸다는 이중으로 묶은 나비넥타이가 안 풀려 끙끙댄다. 나는 땀을 흘린다. 악틴이 무릎을 부딪친다. 젤린은 목이 마르단다. 레오, 나오미, 카롤리네는 벌써 옷을 다 갈아입고서 얼른 수영장으로 가자고 재촉한다. 세르게이의 보관함은 이제 뒤틀렸고 악틴은 발을 부딪친다. 나는 땀을 흘린다. 레오, 나오미, 카롤리네가 자기들은 벌써 두 시간 전에 준비를 다 끝냈다고 우긴다. 미차는 수영복을 입지 않겠다고 고집부리고 마틸다는 나비넥타이 때문에 울면서 집으로 가겠다고 떼를 쓴다. 세르게이가 보관함을 두들겨 팬다. 악틴이 머리를 부딪친다. 나는 땀을 흘린다. 다른 부모들이 악을 쓰면서 얼른 나가라고 소리친다. 마틸다는 도로 옷을 다 입고 당장 집에 가겠다고 난리다. 세르게이가 보관함 때문에 얼굴이 시뻘게져서 괴성을 지른다. 악틴이 등을 부딪친다. 미차는 팬티를 입고 물에 뛰어들겠단다. 젤린은 내 꼴이 눈뜨고 봐 줄 수가 없을 지경이라고 말한다. 너무나 땀을 많이 흘려서…….

눈앞이 새카맣다.

다시 정신이 돌아왔을 땐 갑자기 모두가 수영장에 들어가 있다.

미리 알았더라면 진즉에 기절해 버렸을 텐데.

하지만 정말이다. 우리는 정말로 수영장에 들어왔다. 한바탕 소음을 듣고 알아차린다. 아까보다 훨씬, 훨씬 더 시끄럽다.

나는 생각한다. 쇠네펠트 신공항 주변으로 빙 둘러 수영장만 지으면 아마 착륙하는 비행기 승객들이 수영장 소음 때문에 못 살겠다고 진정서를 내지 않을까?

미차가 울면서 어떤 아이가 자기 수영복 바지를 보고 호모 같다고 놀렸단다. 나는 미차에게 그건 말도 안 되는 소리다, 수영복은 호모 같을 수가 없다고 말해 준다. 또 설사 호모 같아도 그건 나쁜 게 아니라고, 그렇게 말하는 애는 그냥 무시해 버리라고 말한다.

유리가 재미가 없다고 그냥 내 옆에 앉아 있겠다고 한다. "그러렴." 내가 대답한다. 악틴이 갈비뼈를 부딪친다. 세르게이가 보관함으로 다시 가겠다고 한다. 유리는 내가 자기 아빠보다 멋있다고 한다. 나는 당황하여 저리 가라고 손사래를 친다. 삼각형 남자가 미차랑 같이 와서 내가 미차한테 자기 아들을 두들겨 패라고 했냐고 묻는다. 나는 당연히 아니며 그냥 "무시하라"고 했다고 대답한다. 미차는 자기는 무시하는 말과 두들겨 패라는 말이 같은 말이라고 생각했다고 말한다. 삼각형 남자가 그럼 자기도 나를 무시해도 되겠냐고 묻는다. 나는 그의 아들이 미차의 수영복을 보고 호모 같다고 놀렸다고 설명한다. 그가 말한다. "그래? 그게 무슨 대수야. 뭘 그런 걸 가지고 흥분하고 그래!"

나는 말한다. “그래? 그럼 당신 수영복 바지도 영락없는 호모인데.”

아이들이 배를 잡고 웃는다. 삼각형 남자의 아이도 웃는다. 그는 정말 화난 표정으로 나를 째려보지만 진짜로 화를 내지는 않는다.

유리는 자기 엄마 아빠한테 안 가고 앞으로 쭉 나하고 살 거라고 말한다. 나는 약간 불안해진다. 악틴이 가슴뼈를 부딪친다. 나는 악틴한테 애들을 다 불러오라고 시킨다. 이제 집에 가야 할 시간이다. 다른 아이들이 어슬렁거리며 오더니 유리라는 이 아이는 대체 누구냐고 묻는다.

나는 순발력 있게 대답한다. “엥?”

나의 아홉 아이들이 어깨를 으쓱하더니 탈의실로 걸어간다.

유리가 나의 발을 붙들고 늘어지면서 자기는 영원히 나하고 살 거라고 맹세한다.

나는 유리에게 엄마 아빠에게 돌아가라고 애원한다. 유리는 거부한다. 나는 유리에게 아이스크림과 감자튀김 둘 중 어느 것을 사 주면 내 발을 놓을 건지 묻는다. 유리는 고민하더니 슬픈 표정으로 대답한다. “둘 다요.”

내가 감자튀김과 아이스크림을 사자 매점 주인이 웃는다. “유리야. 또 멍청이 하나 낚았냐?” 유리가 아주 흡족한 표정으로 쳐다본다.

나가는 문에 악틴이 팔목을 부딪친다. 나는 악틴에게 오늘 안 부딪친 신체 부위가 남아 있는지 묻는다. 악틴이 웃는다. 그러더니 귀를 부딪친다.

수영장 앞에서 아홉 아이의 부모가 감사의 인사를 남발하며 자기 아이를 낚아채고는 재미있었느냐고 묻는다. 나는 부모들이 듣고 싶은 유일한 정답을 들려준다. "정말 재미있었어요. 애들이 워낙 착해서요."

꼭 이렇게 대답해야 한다. 그래야 내년에 애들을 수영장에 데려가겠다고 자원할 사람이 나올 수도 있으니까.

오리지널 베를린 버블티

비교적 먼 지인인 베른하르트가 사업을 구상하는 중이다. 오리지널 베를린 버블티 가게를 열겠다는 것이다.

처음 들었을 때는 시큰둥했지만 생각할수록 반짝이는 아이디어다. 물론 그가 팔겠다는 음료는 그사이 베를린에 생긴 수천 개의 카페에서 이미 팔고 있는 버블티이다. 하지만 그의 버블티는 아시아의 풍미를 지닌 음료가 아니라 오리지널 베를린 풍이다. 가게 인테리어도 그렇지만 무엇보다 음료 자체가 그렇다. 예를 들어 그는 음료 안에 타피오카 대신 정말로 아주, 아주, 아주 작은 고기완자를 넣을 생각이다. 그러니까 오리지널 베를린 식이다. 당연히 고기완자의 색깔도 각양각색이어야 할 것이고 이 작은 고기완자를 하나씩 빨아올릴 수 있는 굵은 빨대도 있어야 한다.

그는 이 버블티를 다시 베를린의 각 지역에 따라 맛을 나누려고 한다. 크로이츠베르크, 노이쾰른, 프리드리히스하인, 마르찬, 전철 순환선 외곽 등으로 말이다. 다만 '전철 순환선 외곽'의 맛이 어떤지는 아직 알지 못한다. 아마 인구 밀도가 희박한 맛일 것이다. 고객이 원하면 당연히 고기완자 마키아토 테이크아웃도 가능하다. 추가 메뉴와 특별 메뉴는 열심히 연구 중이다.

오리지널 베를린 버블티의 로고도 이미 완성되었다. 'BBO'인데 옛날 공항로고 'BBI'(베를린 브란덴부르크 국제공항)와 살짝 비슷한 감이 있다. 이 로고는 페터가 만들었다. 나한테 베른하르트의 아이디어를 슬쩍 귀띔해 준 친구다. 페터는 이 사업에 투자를 하라고 나를 설득 중이다. 자기는 이미 투자하기로 결심했다고 한다. 실제로 그는 인생 후반기를 —자기 말로는 3분의 1씩 나눈 것 중에서 가운데 부분을— 투자자 및 기업 자문으로, 특히 신생 기업 전문 자문으로 보내는 게 어떨까 고민 중이란다.

이 모든 것은 페터가 세 들어 사는 크로이츠베르크의 아파트에서 집주인들이 자꾸만 집을 펜션으로 고치면서 시작되었다. 페터로서는 상당히 성가신 상황이었다. 펜션이 되면서 집세가 솟구치기도 했지만 파티의 빈도가 급격히 늘어났기 때문이었다. 더구나 펜션 이용객들은 독일의 쓰레기 분리 원칙에 익숙하지 않았다. 심지어 쓰레기통과 계단의 기본적인 구분법조차 헷갈리는 것 같았다.

그래서 페터는 최대한 비싼 세를 받고 자기 집을 재임대한 후 자신은 자기 말마따나 "쥐트-템펠호프에서 싸게 살려고" 마음을 먹었다. 그런데 집세를 조금이나마 더 올려 받으려면 마루를 깨끗하게 연마할 필요가 있었다. 유감스럽게도 연마기를 켜자마자 헤센에서 온 가장이 나타났다. "딱 일주일 계획으로 베를린에 왔어요. 꼭 이번 주에 마루를 연마해야겠어요?"

페터는 이해를 구하며 연마기를 이미 임대했기 때문에 작업을 안 할 수가 없다고 말했다. 그 가장은 짧은 토론 끝에 일주일간 작업을 연기해 준다면 150유로를 주겠노라 제안했다. 페터는 동의했고, 다만 이미 시작한 구석 부분은 그냥 놔둘 수 없으니 작업을 마치겠다고 말했다.

그 가장이 가고 불과 몇 분 후, 다시 다음 타자가 나타났다. 이번에는 캐나다에서 베를린으로 휴가를 온 관광객이었다. "딱 일주일 동안 베를린에 있을 건데 작업을 다음 주로 연기하면……. 소음이 너무 심하고……."

채 두 시간도 안 되는 짧은 시간 동안 페터는 약 700유로의 돈을 자기 아파트의 여러 펜션 숙박객들로부터 끌어모았다. 일주일 후에는 더 늘어난 협상 실력과 더 커지고 더 시끄러워진 연마기 덕분에 금액이 900유로를 초과하였다.

그렇게 페터는 자기 집 마루를 일주일 동안 연마하지 않는 덕택에 잘 먹고 잘 살았다. 물론 가끔씩은 이미 손을 댄 마루의 일부를 다시 바닥 색깔로 덧칠하는 공사가 필요하긴 했다. 그의 말마따나 장사 밑천을 털리지 않기 위해서다. 그것 말고는 만사가 아주 순조롭다. 거기서 멈추지 않고 페터는 영업 신고를 해야 할지, 그러니까 시끄럽게 마루를 연마하지 않는 그의 영업 비법을 다른 펜션용 아파트에도 써먹어 볼지 고민 중이다.

하지만 자기 아파트로 만족하고 이윤은 다른 유망한 사업 아이템에 투자하는 쪽으로 마음을 돌려먹을 정도로 그의 머리가 돌아갈 모양이다. 미래의 기업 자문으로서 그 역시 잘 알고 있을 테니까. 그런 신생 중소기업이 너무 급하게 규모를 확장할 경우 쉽게 무너질 수도 있다는 것을 말이다.

양을 잡아먹을 수 없다면 늑대에게 자유가 무슨 소용

코트부스에 간다. 에케 반호프 거리와 에리히-바이네르트 거리의 교차로에 한 남자가 서서 신호를 기다리고 있다. 신호등이 초록색으로 바뀌자 나는 길을 건너고 그는 그대로 서 있다. 내가 맞은편 가게로 들어갔다 다시 나올 때까지 그는 여전히 그 자리에 서 있다. 그사이 초록불이 여러 번 지나갔을 것이다. 지금도 막 초록불이 켜지고 그의 양편에서 사람들이 그를 지나쳐 앞으로 달려간다. 하지만 그는 그냥 그 자리에 서 있다. 돌아가는 길에 다시 그의 곁을 지나치며 내가 말을 붙인다.

"실례지만, 초록불인데 왜 안 건너고 서 계십니까?"

그가 화들짝 놀라며 나를 쳐다보더니 말한다,

"양을 잡아먹을 수 없다면 늑대에게 자유가 무슨 소용이란 말입니까?"

나는 생각한다. 에잇, 똥 밟았군. 그냥 갈걸. 내가 발걸음을 옮기려는 순간 갑자기 그가 나를 부른다.

“저기요, 루체른을 지나는 다섯 글자로 된 강 이름이 뭔가요?”

“네?”

“루체른을 지나는 다섯 글자로 된 강 이름이 뭐냐고요.”

“흠, 로이스Reuss.”

“로이스?”

“네, 로이스, 뒤에 ‘s’를 하나 빼면 축구 선수 이름이지요.”

“어떤 선수요?”

“마르코 로이스Marco Reus, 보루시아 도르트문트 소속이지요.”

“그게 루체른이랑 무슨 상관이죠?”

“상관없어요. 강 이름이 그렇다는 거죠.”

“어떤 강?”

“루체른을 지나는 강요.”

“세상에……. 나도 그 강을 찾고 있었는데, 강 이름이 뭐죠?”

“로이스.”

“축구 선수 이름하고 똑같이?”

“맞아요. 근데 뒤에 ‘s’를 하나 빼야 해요.”

그가 낱말 맞추기를 꺼내 들여다보더니 말한다.

“아니야. 틀렸어요. 다섯 글자인데.”

“로이스가 다섯 글자죠.”

“그렇기는 하지만 그렇게 썼을 때만 그렇죠.”

“네?”

“게다가 그 단어는 될 수가 없어요. ‘h’로 시작해야 하거든요.”

그가 나에게 낱말 맞추기를 보여준다. 슬쩍 보니 한 칸에 몇 개의 글자를 여러 번 겹쳐 써 놓았다. 문제가 뭔지 금방 알겠다.

“수컷 토끼를 ‘Haserich’라고 쓰셨으니까 그렇죠. 수컷 토끼는 ‘Rammler’죠.”

“알아요. 그래도 난 그 단어가 좋아요.”

“네?

“‘Rammler’는 싫다고요. ‘Haserich’가 좋아요.”

“그렇지만 그럼 글자가 안 맞잖아요.”

“그래도 그게 좋아요.”

신호가 초록불로 바뀐다. 그가 갑자기 낱말 맞추기를 내 손에 쥐어 주고 교차로를 건너가 버린다. 나는 당황하여 그 자리에 서 있다. 빨간불이 되었다 다시 초록불이 되고 다시 빨간불이 된다. 중년의 신사가 내게 말을 건다.

“실례지만, 초록불인데 왜 안 건너고 서 계십니까?”

나는 화들짝 놀라 그를 보며 말한다.

“양을 잡아먹을 수 없다면 늑대에게 자유가 무슨 소용이란 말입니까?”

그가 웃는다.

“알았어요. 문제없어요. 루체른을 지나는 강 이름은 로이스예요. 나한테 낱말 맞추기를 주고 가던 길을 가세요.”

나는 그에게 낱말 맞추기를 주고 천천히 내 갈 길을 걸어간다. 몇 걸음 옮기자 갑자기 뒤에서 큰 소리로 외치는 소리가 들린다.

"양을 잡아먹을 수 없다면 늑대에게 자유가 무슨 소용이란 말입니까?"

나는 생각한다. 이런, 코트부스는 생각보다 훨씬 독특하군. 하지만 베를린 사람 중에 그 말을 믿을 사람은 없을 것이다.

칠판

내가 다니던 초등학교의 경비 아저씨가 편지를 보냈다. 학교가 체육관으로 탈바꿈할 거라는 내용이었다. 이제 초등학교를 체육관으로 바꿀 만큼 그 동네에 아이가 없다는 말이지만 딱히 농촌 지역의 인구구조 변화에 대해 한탄할 마음은 없다. 한 번쯤 언급하고 넘어가기는 해야겠지만 말이다.

어쨌든 경비 아저씨가 예전 학생들의 메일 주소를 여기저기 수소문하여 편지를 쓴 이유는 이제 곧 학교 비품들이 경매에 부쳐질 것이라는 소식을 알리기 위해서였다.

그리고 거기에 그것이 있었다. 학교 책걸상과 바퀴 달린 나무장, 스피릿 복사기의 사진 사이에서 그것이 빛을 발하고 있었다. 그 옛날 교실에 걸려 있던 칠판! 우리 교실에 걸려 있던 그 옛날 석판 칠판. 우리 담임 선생님이 항상 왼쪽 위에다 지각생의 이름을 적어 두던 칠판! 당연히 그날 말썽을 피운 학생 이름도 함께 적혀 있었다. 거기 이름이 오르면 수업이 끝나고 벌을 받을 것이라는 사실을 잘 알기에 하루 종일 자기 이름을 읽고 또 읽던 칠판이었다. 절망감에 젖어 어찌할 바를 모르고 그 앞에 서 있던 칠판이었다. 칠판 앞은 당황하여 갈피를 못 잡는 몇 세대 초등학생들의 두려움으로 젖은 땀 탓에 오래전에 썩어 문드러졌고, 그로 인해 위축된 무지의 정적을 고통스러운 돌비 서라운드의 삐걱거림으로 키워 대던 교단이 놓여 있었다. 가장 고요한 정적은 사이사이 교단이 삐걱거릴 경우 정말로 고요하고 무시무시해지기 마련이다. 그럴 때마다 교단은 술에 취에 코를 고는 잠꾸러기처럼 삐걱삐걱했다.

배송이 코앞으로 다가오자 나는 충동을 이기지 못하고 가족에게 이베이에서 나의 옛 초등학교 칠판(상품평은 "사용 흔적은 보이지만 보존 상태 양호")을 낙찰받았다는 사실을 고백하였다. 가격은 4유로 72센트밖에 안 되지만 배송비가 자그마치 63유로 50센트였다. 당연히 뜨거운 토론의 불길이 치솟았다. 가족들은 우리 집엔 초등학교 칠판이 필요 없다는 입장을 견지했다. 뜨거운, 그리 유쾌하지 않은 논쟁이 뒤를 이었다.

원칙적으로는 내가 어린 시절 젖소 짜는 법을 배웠던 착유기 모델을 낙찰받았을 때와 별다르지 않은 상황이었다. 그때도 이런 하나마나한 잔소리가 늘어졌었다. "4층에서 소도 없이 착유기가 왜 필요한데?" 혹은 "젖소를 살 계획이라면 정말 문제가 심각해." 어쩌고저쩌고…….

다 맞는 말이다. 하지만 그런 식의 논리를 들이밀면 결국 앞으로는 절대 농기구를 구매하지 못하는 저 외딴 구석으로 도망칠 수밖에 없다. 하긴 아무려면 어떠랴.

가족 누구도 칠판을 원하거나 좋아하지 않았다. 그래서 그것을 코딱지만 한 내 서재에 들여놓을 수밖에 없었다.

그런데 그 일이 시작되었다. 밤이 되자 갑자기 머리카락이 쭈뼛 솟는 무서운 소리가 들렸던 것이다. 젖은 백묵으로 칠판을 그을 때 나는 그 '끼익' 하는 몹시도 괴로운 소리. 나는 놀라 서재로 달려갔지만 아무도 없었다. 백묵 한 토막 보이지 않았다.

하지만 그것은 시작에 불과했다. 더 무시무시한 일들이 일어났다. 아침에 8시가 넘어 서재에 들어가면 칠판 왼쪽 위에 내 이름이 적혀 있었던 것이다. 지각생의 이름! 귀신이 쓴 것 같았다. 8시 전에만 들어가면 별 문제가 없었다. 하지만 1분이라도 늦었다가는 내 이름이 적혀 있었고 그런 날엔 모든 일이 엉망진창이었다. 버스는 내 눈앞에서 떠나고 가게는 내가 발을 들여놓으려는 찰나 셔터를 내리며, 시청 구내식당엔 내 바로 앞에서 내가 원하는 메뉴가 동이 났다. 항상 늦었다. 매사 그랬다. 그리고 밤이면 젖은 백묵을 긋는 무시무시한 '끼익' 소리가 더 커졌다.

나의 옛 초등학교 칠판에 원한이 서린 것이다. 긴 세월 동안 지각생들의 원한이 칠판의 영혼 깊은 곳에 깊숙이 새겨진 것이다.

우리는 초등학교 비품 전문 퇴마사를 집으로 불렀지만 그는 소용없다고 말했다. 지각생들의 원한이 돌이킬 수 없을 정도로 칠판에 강하게 각인되었다는 것이다. 따라서 칠판과 접촉한 사람이 매사에 지각하는 사태를 막으려면 칠판을 완전히 부수는 수밖에 다른 도리가 없다고 했다.

나는 무거운 마음으로 석판 칠판을 고철로 만든다는 재활용센터에 가져갔다. 내 어린 시절의 일부를 이렇게 그냥 고철 덩어리로 만들다니…….

그 사건은 그렇게 슬프게 막을 내릴 수 있었을 것이다. 하지만 내가 찾아간 그 재활용센터가 새로 얻은, 그러니까 재생한 자원의 대부분을 베를린-브란덴부르크 대형 신공항 건축에 공급한다는 소식을 듣는 순간 나는 살짝 양심의 가책을 느꼈다.

2
몰락의 개화

"뭔가 알고 있었는데 한 번도 못 써먹고 까먹어 버렸어.
그랬더니 어찌나 그리운지."

어떤 술집에서 만난 녹색 셔츠의 남자.
안타깝게도 셔츠의 상표도 술집 이름도 생각이 나지 않는다.
기억나는 것은 녹색 셔츠밖에 없지만
또 그게 정확히 녹색이었는지도 잘 모르겠다.

길이가 너무 짧은 에스컬레이터

신문에 또 쇠네펠트 공항 뉴스가 실렸다. 개장 일정을 다시 연기할 것이라는 내용이다. 이번에는 2014년 가을이나 2015년, 혹은 2016년까지 밀려날지도 모르고, 심하면 라이프치히 공항 개장 직후가 될지도 모른다. 공항 건설자들은 일단 결함의 리스트를 작성하는 일에 매진하고 있다. 그것만 해도 대여섯 달이 걸릴 것이다. 뭐, 다 좋다. 무조건 개장했다가 훨씬 더 나쁜 일이 일어날 수도 있었을 테니 말이다.

2012년 여름, 이 공항이 원래 개장을 해야 할 시점이었다. 모든 준비가 끝났다. 초대장도 배포되고 음식 주문도 마쳤고 문화 행사, 에어쇼, 어린이 축제 프로그램까지 기획을 마쳤다. 모든 것이, 정말 모든 것이 완료되었다. 그런 의미에서 나는 운영자가 개장 4, 5주 전에 한 번 더 공항을 둘러보았다는 사실이 상당히 신중한 처사였다고 생각한다. 얼마나 진행이 되었나? 나도 늘 그렇게 하기 때문에 이런 태도에 꽤 호감을 느낀다. 시작하기 직전 숨을 크게 쉬고 조용히 살펴본다. “정말 다 마쳤나? 빠진 것은 없나? 화재 예방 조치는 완비되었나? 건물마다 지붕은 다 달렸나?”

공항이 문을 열고 2, 3일 후 누군가 우연히 고개를 들어 위를 쳐다보다가 이렇게 말한다. “어머, 지붕이 없네!” 그럼 훨씬 더 난감하지 않을까? 정말로 불쾌한 사태가 벌어졌을 수도 있다. 물론 그랬어도 아직 완성이 덜 되었다고 자백할 수는 없었을 것이다. 이미 개장을 한 상태니까. 그럴 땐 이런 이유를 들면서 사기를 쳐야 할 것이다. “맞습니다. 원래가 오픈 콘셉트예요. 경계가, 지붕이 없지요. 공항이잖아요. 하늘과 직접 연결되고 싶었습니다. 훼방꾼 지붕을 제거한 완벽한 공항, 줄을 서서 체크인을 기다리는 동안 즐거운 함성을 지를 수 있지요. ‘저기 봐, 저기 위 하늘 좀 봐. 조금 있다 우리도 저리로 갈 거야. 탁 트이니까 정말 아름답지!’ 우리의 화제 예방 콘셉트 역시 여기에, 그러니까 이 ‘지붕 없는 공항’에 초점을 맞추었답니다. 물론 비가 듬뿍 내려 주어야 하겠지만 어쨌든 비만 오면 만사 오케이지요.”

그런 설명을 들으면 아마도 훨씬 더 기분이 불쾌했을 것이다. 그래서 지금의 처사가 더 솔직하고 더 당당하다고 생각한다. 좋다. 기차역도 그런 식으로 개장하지 않았던가. 지붕이 플랫폼 절반만 덮었는데도 과감하게 문을 열었다. 하지만 시내는 공항이 있는 외곽만큼 바람이 세지 않다. 비가 약간 들이친다고 해서 크게 성가실 일이 없다. 역은 물론 역 앞 광장까지 지붕으로 다 덮어 버리겠다는 광기보다는 훨씬 낫다. 덮어 버리겠다는 의욕이 끓어 넘치다 못해 떼돈을 들여 지하로 역을 옮겨 짓는 형국이니 말이다.

* * *

어쨌든 쇠네펠트 공항의 문제는 그게 아니다. 지금까지 약 2천여 가지 결함이 밝혀졌다. 일부는 상당히 스펙터클하다. 예를 들어 너무 길이가 짧은 에스컬레이터가 그런 경우다. 한 층만 해도 에스컬레이터가 여러 대씩 있을 텐데 말이다. 많은 베를린 사람들은 어떻게 그런 일이 일어날 수 있는지 궁금해한다. 나는 궁금하지 않다.

사실 난 지금껏 수많은 물건들을 만들었던 경험 덕분에 그런 현상을 익히 알고 있다. 갑자기 어딘가에서 살짝 삐끗한다. 아주 순식간이다. 에스컬레이터에서도, 아니 에스컬레이터인 만큼 더더욱 그런 일이 가능하다. 다들 경험해 봤을 것이다. 2미터짜리 자로는 길이를 2미터밖에 재지 못한다. 길이가 2미터를 넘으면 당연히 멈추어야 한다. 하필 그 순간 연필이 없다. 그래서 엄지손가락으로 그 자리를 꾹 누르고 자를 다시 펴서 길이를 재려고 한다. 하지만 그런 순간엔 반드시 누군가가 뭐라고 소리를 지르게 되어 있다. 소리 나는 쪽으로 살짝 고개를 돌리고 그 바람에 엄지손가락이 약간 위로 미끄러진다. 짜잔! 나중에 보면 아주 쬐금 사라지는 거다. 그러니 최초의 엘리베이터는 아마 그런 경험이 한 번도 없는 사람이 만들

없을 것이다.

이 에스컬레이터들과 가라앉는다는 공항 바닥을 내 눈으로 직접 보면 정말 재미있을 것 같다. 다른 사람들도 다 그렇게 생각할 것이다. 내가 아는 사람만 해도 벌써 몇 명이다. 적절하게 관리만 잘하면 분명 그것으로 초과 예산의 상당 부분을 메울 수도 있을 것이다. 더구나 밤낮으로 조명등도 켜져 있다니 뭐…….

조명등 역시 아주 매력적인 결함이었다. 시공 관리 당국은 안타깝지만 자기들도 어떻게 해야 조명등을 끌 수 있을지 모르겠다고 고백했다. 사실 그런 문제는 오히려 기회가 될 수 있다. 전 세계 사람들을 베를린으로 불러 모을 멋진 '도전 상품'을 개발할 수 있을지도 모른다. 모두가 이곳 공항에 머리를 맞대고 모여 불을 꺼 보는 거다. 나름의 스위치 설계 도안을 들고 베를린을 찾을 사람들도 많을 것이다. 역사에 길이 남을 대사건이 될 수도 있다. 모두가 함께 짓는 진짜 시민의 공항으로 홍보할 수도 있다.

아마도 시공사는 그냥 몰래 공사를 속개할 것이다. 그것도 나쁘지 않다. 그렇게 하여 언젠가는 공사를 완료할 것이다. 그건 확신한다. 언젠가 어디선가 어떻게든 무엇인가 개장을 할 것이다. 지금도 여전히 언젠가 어디선가 어떻게든 무엇인가 개장을 하고 있으니 말이다. 우리 모두 공항을 짓고 있다는 사실을 까맣게 잊어버릴 것이다. 그러다 아침 식탁에서 신문을 뒤적이다가 갑자기 비명을 지를 것이다.

“어머, 이거 좀 봐, 드디어 개장했다네.”

“뭘?”

“그거, 공항 말이야. 개장했다는군.”

“무슨 공항?”

“그거, 그 공항, 알잖아. 할아버지가 늘 말씀하시던…….”

“어떤 공항?”

“그 왜, 예전에는 여행 가려면 비행기를 탔잖아. 그러려면 공항이 필요했고. 그걸 이제 개장했다고 하네.”

“아하. 그래서 비행기 띄운대?”

“아니, 그럼 환경에 해롭지. 그건 아니고, 개장과 동시에 박물관으로 사용하는 세계 최초의 공항이라는군. 요즘은 뭐든 정말 빨라.”

어떤 환생

얼마 전 옛날에 쓰던 노트를 뒤적이다 열여섯, 열일곱 무렵에 썼던 소설인지 시나리오인지의 초안을 발견했다. 대충 요약하면 우연히 비밀 종교에 빠져 인도로 가게 된 네오나치 집단의 이야기이다. 인도에 도착한 그들은 비술을 얻게 되고 히틀러, 괴벨스, 괴링, 히믈러의 영혼이 모르모트의 육신을 빌어 환생했다는 사실을 알게 된다. 물론 그 네 사람의 영혼은 그 전에도 억만 번 다른 생명체의 몸으로 윤회를 거쳤지만 이에 대해서는 컷백cutback 기법과 퀵 모션quick motion 기법을 사용하여 과거 장면을 빠른 동작으로 보여 주면서 슬쩍 언급하고 넘어간다.

네오나치들은 옛 나치의 영혼을 가진 모르모트들을 만난다. 외모만 봐도 한눈에 알아볼 수 있을 정도다. 히틀러 모르모트는 전형적인 히틀러 수염을 매단 채 약간 어눌하게 찍찍거린다. 괴벨스 모르모트는 키가 작고 다리를 질질 끈다. 괴링과 히믈러 모르모트는 무시무시할 정도로 뚱뚱한 데다 늘 흥분하여 앞발을 앞으로 쭉 뻗고 있다.

젊은 극우파들은 나치 모르모트들을 대장으로 삼고 그들의 영도를 받아 세계 정복을 꿈꾼다. 이스라엘 비밀경찰과 미국 비밀경찰이 모르모트들과 싸우면서 이들을 체포하여 법정에 세우려고 한다. 하지만 어느 순간 동물보호주의자들이 등장하고, 설사 동물이 나치임이 명백해도 이유 불문하고 보호해야 하느냐를 두고 윤리적인 논쟁이 불붙는다. 사태는 점점 긴박해지다가 결국 폭발하고 만다. 레지스탕스 모르모트들이 햄스터와 친칠라 쥐의 도움을 받아 역사에서 그 어떤 교훈도 얻지 못한 나치들을 무찌르는 것이다.

* * *

당시 나의 시나리오는 영화가 되지 못했다. 무엇보다 모르모트를 히틀러 역할을 소화할 수 있는 배우로 길러 낼 믿을 만한 동물 훈련 전문가가 없었기 때문이다. 모르모트가 인종주의와 극우파 같은 것을 알 리 없으니 그것을 가르치기가 여간 힘든 일이 아니었을 것이다. 그래서 당시로서는 아무것도 할 수가 없었다.

하지만 요즘엔 현대식 컴퓨터 애니메이션 기법을 동원하여 나치 사상을 곧바로 모르모트들에게 주입시킬 수 있다. 그냥 애니메이션을 제작하기만 하면 된다. 아니면 뛰어난 배우에게 나치 역할을 연기하게 한 다음 그들의 신체 및 동작을 모르모트에게 입히면 된다. 픽실레이션pixilation(실제 사람의 동작을 애니메이션에 담아내는 기법—역주)을 이용해 세계적인 배우 브루노 간츠를 히틀러 모르모트로 만드는 것이다. 굳이 새로 연기할 필요도 없다. 기존의 자료로도 충분히 가능하다. 그러니까 영향력 있는 영화 제작자가 이 글을 읽고 흥미를 느껴 팔을 걷어붙인다면 나는 한시라도 빨리 시나리오를 고쳐 쓸 각오가 되어 있다는 말씀이다.

기분 좋은 쇼핑

베르나우 역에는 거대한 쇼핑몰이 있다. 그 쇼핑몰 앞면에 아주 큰 글씨로 이렇게 적혀 있다. '기분 좋은 쇼핑'.

한번 듣거나 읽으면 그게 정확히 무슨 뜻인지 알지도 못하면서 왠지 무서워지는 그런 단어들이 있다. 예를 들자면 이런 것들이다. '기관차 고장', '연금보험의 허점', '간경변증', '커리 소시지 스무디', '기분 좋은 쇼핑'.

큰 쇼핑백을 든 사람 몇이서 우리 집 쪽으로 가는 열차에 오른다. 그러니까 이 사람들은 기분 좋은 쇼핑에 참여한 사람들이다. 한 아이가 떼를 쓰며 승강장의 자판기에서 뭔가를 사 달라고 조른다. 아빠가 설명한다. "오늘 벌써 아이스크림, 햄버거, 초코머핀, 콜라를 샀잖아." 아이가 울부짖는다. "자판기에서 뽑은 건 하나도 없잖아."

물론 쇼핑을 '기분 좋은 쇼핑'이라고 부르는 이유는 단 하나, 쇼핑이 실제로 무엇인가를 잊게 만들기 위해서다. 쇼핑이 스트레스이며, 사람을 돌게 만들고, 돈이 무지막지하게 많이 든다는 사실 말이다. 실제로 쇼핑에는 늘 돈이 든다. 당연하다. 그렇지 않으면 도둑질이라고 불러야 한다. '기분 좋은 도둑질'은 멋진 말이지만 아무도 그런 말로 광고를 하지는 않는다. 물론 그런 광고가 통하는 시장도 틀림없이 있을 테지만.

그 옛날 서부에서 제일 유명한 권총 이름이 '피스메이커peacemaker'였다. 나는 그 이름이 '기분 좋은 쇼핑'과 형식적으로 비슷하다고 생각한다. 속임수를 쓴 가짜 이름은 언제 어디서나 존재해 왔다. 오늘날 독일에서 피스메이커를 만들어 쇼핑몰에서 팔 수 있다면 아마 '기분 좋은 탕탕'이라고 이름 붙였을 것이다.

얼마 전부터 열차가 선로를 빙 둘러 가야 할 경우가 발생하면 '우회'나 '오래오래 무지막지하게 돌아가기' 대신 '대체 선로 운행'이라고 부른다. 최근에 다른 곳에서 기차를 탔다가 친절한 안내 방송을 듣고 그 사실을 알았다. "대체 선로 운행으로 이 열차 약 150분 연착할 예정입니다. 식당 칸에서 무료 음료를 제공하오니 무상으로 즐겨 주십시오."

'무상 무료 음료.' 나라면 더 안전을 기하기 위해 이렇게 안내했을 것이다. "무상 무료 음료를 공짜로 드립니다. 철도 카드 소지자는 추가로 무료입니다. 철도 카드 고객 중 백 명을 선발하여 모든 음료를 무한정 제공하며 추가로 50퍼센트 할인 혜택도 드립니다."

병원에서도 이런 안내 방송이 가능하겠다. "대체 수술 진행으로 맹장 대신 왼쪽 팔을 제거해 드렸습니다. 병동 자판기에서 무료 음료를 제공해 드립니다. 자판기는 쓰기 편한 외팔 장애인 서비스를 이용해 주십시오."

코트부스에는 간단명료하게 '지불'이라는 이름의 큰 쇼핑센터가 있다. 정말 마음에 드는 이름이다. 솔직하고 예의 바르다. '지불'! 자고로 쇼핑센터의 이름은 그래야 한다. '지급'이랄지 '짤랑짤랑' 정도도 봐줄 만하다. '낙원'이니 '파라다이스' 같은 미사여구는 절대 안 된다. '사 봤자 아무짝에도 소용없다'나 '돈이 엄청나게 드는 쇼핑센터' 같은 이름으로 지어야 한다. 그것이야말로 하이데거마저 거리낌 없이 양말 몇 켤레 사게 할 수 있을 인간 소비 현실을 진실하게 기술記述한 것일 테니 말이다.

천천히 상대의 마음을 녹이는 거야

딸과 함께 벼룩시장에 간다. 딸은 할아버지가 생일날 용돈으로 주신 돈에서 따로 몇 푼을 더 챙겼다. 분명 뭔가 대단한 계획이 있는 것이다. 첫 가판대에서 곧바로 루키 루크 만화 두 권을 발견한다. 열네 살 정도로 보이는 사내아이는 두 권 값으로 5유로를 부른다. 내가 미처 끼어들기도 전에 딸은 벌써 돈을 쥐어 주고 만다.

가판대에서 몇 미터 걸어간 다음 나는 딸에게 벼룩시장의 몇 가지 기본 규칙을 설명한다. "그렇게 하면 안 돼. 흥정을 해야지."

딸이 인상을 찌푸린다. "그거 가지고 싶었단 말이야. 완전 새것 같잖아. 새 걸로 사면 한 권당 6유로는 줘야 해."

나는 딸을 달랜다. "당연히 그렇지. 그건 잘했는데, 벼룩시장에선 흥정도 게임이거든. 흥정을 하면 훨씬 재미있고 또 잘만 하면 그 만화책 4유로, 아니 단 3유로에도 살 수 있어."

딸이 미심쩍다는 표정으로 나를 쳐다본다.

이번 기회에 아이에게 인생의 한 수를 가르칠 수 있겠구나, 하는 생각이 든다. "물론 감각이 있어야 해. 알았어? 대단한 기술이거든. 일단 천천히 상대의 마음을 녹이는 거야. 상대가 안달복달한다 싶으면 그때 착! 그럼 상대가 바로 미끼를 무는 거지."

10분 후 몇 개의 가판대를 그냥 지나친 딸이 동물 인형 서너 개가 딸린 커다란 나무 목장 놀이 세트에 관심을 보인다. 정말 귀여운 놀이 세트다. 우아함과 현명함, 냉정한 중상주의를 섞어 상인의 마음과 목장 놀이 세트를 동시에 얻을 수 있는 방법을 딸에게 가르칠 완벽한 기회가 찾아왔다. 일단은 관심이 있다는 것을 최대한 숨겨야 한다. 그래서 아무거나 판매대에 있는 것을 가리키며 뒤편에 서 있는 판매원에게 외친다. "저기요. 저 커다란 도자기 수프 그릇 얼마예요?"

그녀가 나를 째려본다. "이 도자기 수프 그릇은 대리석이고 재떨이이며 20유로예요."

나는 그녀가 믿을 만하게 적당히 놀란다. "세상에나, 그래요? 무늬가 정말 좋은데요. 그럼 이렇게 하죠. 15유로를 낼 테니 대신 덤으로 다른 걸 더 얹어 주는 걸로요. 뭐가 좋을까? 아, 저 낡고 닳은 목장 놀이 세트하고 피규어 몇 개를 주시면 되겠네요. 애가 가지고 놀게."

순식간에 그녀의 시선에 따분하다는 표정이 실린다. "첫째, 당신 같은 면상을 탑재한 사람은 다른 물건한테 낡았다거나 닳았다고 하면 안 되고, 둘째는 까먹어 버렸고 셋째……." 그녀가 코를 찌푸리며 말한다. "저 나무 목장 놀이 세트는 30유로요."

와우, 쓸 만한걸. 괜찮은 상대야. 안 그러면 아이에게 가르칠 것이 없지. 일이 너무 잘 풀리면 세상만사가 언제나 그렇게 술술 풀릴 거라고 생각할 테니까. 그럼 안 되지. 나는 전문가답게 이해가 안 된다는 표정을 선택한다. "30유로는 너무 심한데요, 아무리 잘 봐주려고 해도. 놀리시는 겁니까?"

"재떨이에 수프를 담아 먹겠다는 사람을 뭐 하러 놀리겠어요. 내가 아니라도 어딜 가나 충분히 놀림당할 스타일이구먼."

오케이, 탐색전은 이걸로 충분해. 나는 속도를 올린다. "좋아요. 20유로 내죠. 대신 재떨이는 포기하겠어요."

"재떨이와 목장 세트 합해서 50유로."

"네? 50유로? 그럼 하나도 안 깎아 주는 거잖아요."

"대신 내가 합산해 줬잖아요."

"목장 세트만 22유로. 더 이상은 못 줘요."

그녀가 나를 뚫어져라 쳐다본다. 나는 여전히 친절하지만 눈빛만은 단호하다. 됐어! 저 여자는 아직 모르겠지만 저쪽이 진 거야. 그물에 든 고기야. 천천히 끌어올리기만 하면 돼. 이제 세상 모든 토론을 끝내는 "좋아요. 25유로. 그럼 됐죠? 우리 둘 다 손해는 아니니까"로 그녀의 마지막 저항을 무너뜨리기만 하면 되는 거야.

그녀가 나를 쳐다보더니 자기 의지가 아니라는 듯 스르륵 입을 열고 마법의 문장을 뱉어 낸다. "안 팔아요. 안녕히 가세요."

그녀가 가판대 저편으로 걸어가는 동안 나는 그것이 내가 기대했던 말이 아니었다는 사실을 깨닫는다. 그리고 반사적으로 외친다.

"26유로!"

그녀는 쳐다보지도 않는다.

"27유로!"

무반응.

"28유로 50센트"

그녀가 하품을 한다.

딸이 묻는다. "지금 아줌마를 녹이고 있는 중이야?"

그녀가 천천히 돌아와 속삭인다. "30. 피규어는 빼고. 정말 매력적인데 엉덩이 한번 만져 봐도 돼요?"

"네?"

"좋아요. 엉덩이는 면제해 주죠. 하지만 더 이상은 못 빼 줘요."

"그러니까 목장 세트를 동물 인형 포함해서 30유로에 팔겠다는 거지요."

"맞아요. 하지만 가격이 올랐어요. 수요보다 공급이 많아서요."

"뭔 수요? 나 말고 사겠다는 사람이 어디 있다고."

"전화가 왔어요. 웬 신비의 고객이 해외에서 전화를 걸었더라고요."

"말도 안 돼. 전화한 적도 없잖아요."

"조수가 해요." 그녀가 저 뒤쪽 트럭의 열린 화물칸을 가리킨다. 거기 몸집이 산만 한 성 베른하르트 파의 수도사 하나가 누워 자고 있다.

나쁘지 않아. 졌을 땐 쿨하게 인정할 줄도 알아야 해. 그것도 게임이니까. 나는 그녀에게 목장 세트 값으로 30유로를 건네준다. 그녀가 만족한 표정으로 돈을 집어넣는다. 그러더니 허리를 구부려 우리 딸한테 속삭인다. “아가, 이리 와, 피규어하고 동물 인형은 선물로 주마. 대리석 재떨이도 덤으로 줄 거야. 아빠한테 팔아. 잘만 하면 20유로, 25유로까지도 받을 수 있을걸.”

* * *

돌아오는 길에 딸이 나에게 벼룩시장에서 제대로 흥정하는 법을 가르쳐 줘서 고맙다고 인사한다. 나는 그 이야기는 하고 싶지 않다는 뜻을 넌지시 비친다.

딸이 내 말을 반박한다. “아냐. 난 다 알아. 아빠가 던진 게임의 수가 뭔지. ‘좋은 손님, 멍청한 손님’이잖아. 아빠가 일부러 멍청하고 바보같이 행동해서 그 아줌마가 나한테 동정심을 느끼고 결국 선물까지 주게 만들었잖아. 바보 노릇하기 정말 힘들었을 거야. 그 아줌마가 아빠한테 완전히 속아 넘어간 거지.”

나는 생각한다. 세상에나, 어쩌면 저렇게 똑똑할 수가 있지? 저 아이가 누구 딸이란 말인가.

즉흥 음악회

아마도 세계에서 가장 큰 크리스마스 시장일 뉘른베르크의 크리스트킨들레스마르크트. 글뤼바인(따뜻하게 데운 와인—역주) 가판대 한 곳에서 한 무리의 북부 독일 노인들이 모여 즉흥 음악회를 열고 있다. 캐럴을 부르는 중인데 이미 청중을 꽤 많이 끌어모은 상태다. 노인들의 목소리가 워낙 큰 이유도 있을 것이다. 공정하게 말해 캐럴을 부른다기보다 부르짖는다는 표현이 더 적절하다. 더구나 원래의 가사를 살짝 비틀어 부르고 있다. "해마다/농부는/옆 마을 아낙네한테 건너가/끙끙 힘을 쓰고 있네."

노인들은 묵직하고도 쾌활하게 캐럴을 부르고 있다. 길을 가던 아이들이 걸음을 멈추고 진지하게 경청한다. 부모들은 아이를 끌고 가려고 애를 쓰다가 안 되면 아이 귀를 틀어막아 보지만 별 소용이 없다. 하나같이 70세 플러스알파 정도로 보이는 얼큰하게 취한 아홉 명의 북부 독일 노인들은 열과 성을 다해 노래를 부른다. 남녀 불문하고 할아버지도 할머니도 적잖이 놀랄 만큼 다양한 가사를 술술 풀어낸다. "처녀도 암소도/모두가 차례차례/음전한 농부님/정말로 애를 쓰시네."

아아, 늦게 배운 도둑질 날 새는 줄 모른다더니.

아마도 가이드인 듯한 중년의 남성이 관광객들을 버스 주차장 쪽으로 밀고 가려고 무던히 애를 쓴다. 하지만 노인들은 주량 못지않게 신경줄도 튼튼하다. 구름 같은 관중과 가끔씩 터지는 환호성에 한껏 고무되어 남은 생을 뉘른베르크 크리스트킨들레스마르크트에서 음란한 캐럴송을 부르면서 보내기로 굳게 결심한 모양이다.

노인들 중 제일 뚱뚱한 할아버지가 솔로로 나선다. "소나무야, 소나무야/랄랄랄랄라/언제나 푸른 네 빛……." 어쩌고저쩌고. 대충 그런 내용이었다. 가사를 완벽하게 알아듣지는 못했다. 할아버지가 너무 흥분한 나머지 계속 '삑사리'를 냈기 때문이다. 더구나 할머니들이 계속 낄낄대면서 끼어들어 추임새를 넣었다. "이 뺑쟁이 말 믿지 마세요. 소나무는 무슨, 정식으로 부르려면 이렇게 불러야 해요. '구스베리야, 구스베리야. 배 밑에서는 통 볼 수가 없네.'" 그러자 모두들 배꼽을 잡고 웃어 젖힌다.

아이들뿐만 아니라 외국인 단체 관광객들도 노래하는 노인들 때문에 넋이 나갔다. 한 무리의 한국인 관광객들이 렌즈가 닳도록 사진을 찍고 촬영을 해 댄다. 13박 14일 유럽 일주 상품으로 관광을 온 모양이다. 물론 세심하게 계획을 짜서. 각 나라마다 한 국민의 문화를 대표하는 초절정 하이라이트가 있는 법이다. 스페인은 세계적으로 유명한 사그라다 파밀리아(성가족 성당), 이탈리아는 바티칸의 보물 시스티나 성당, 프랑스는 사크레 쾨르 성당이 자리한 몽마르트의 낭만적인 빛, 영국은 버킹엄 궁전이 풍기는 왕족의 기품. 그리고 독일은 크리스트킨들레스마르크트에서 저렴한 캐럴송을 불러젖히는 술고래 노인들. 모든 민족이 다르다. 어쩌면 이 한국 관광객들이 찍어 온 비디오를 함께 볼 그들의 사랑하는 친지와 지인들은 여행 일정 14일 전체를 독일에서 보내려고 할지도 모를 일…….

두 곡, 세 곡쯤 더 부르고 나자 갑자기 경찰이 들이닥쳐 음악회를 끝냈다. 한창 "치마를 흔들어. 스윙, 스윙윙윙, 치마를 흔들어 스윙/겨울이 너무 추워/내 엉덩이를 비벼 줘"를 부르던 중에 노인들은 어쩔 수 없이 곡을 마쳐야 했다. 한국인, 러시아인, 미국인, 그밖의 그곳을 찾은 사람들이 또 한 번 열화와 같은 환호성을 내질렀지만 이젠 정말로 캐럴 합창단이 퇴근해야 할 시간이었다.

경찰관들이 합창단의 신원을 알아내려 하자 나는 노인들의 편에서 그들을 변호하기로 결심한다. 하지만 그들 옆에서 얼른 노트와 볼펜을 꺼내 들고 서 있는 경찰관들에게로 다가간 순간 한 프랑켄 지방 치안 담당자가 이렇게 말하는 소리가 들린다. "그러니까 우리 지역 크리스마스 축제에 써먹으려고요. '해마다 농부는' 그 노래 있잖습니까. 그거 가사 좀 한 번만 더 불러 주시면 안 될까요?"

오호호, 나는 벌써 받아 적었잖아.

싱싱한 생선

목요일 점심시간, 식당에 앉아 뭘 주문할지 고민한다. 그런데 도무지 집중을 할 수가 없다. 옆자리에, 아니 더 정확하게 말해 옆자리들에 한 무리의 젊은 사람들이 앉으려고 애를 쓰는 중이다. 아직은 다섯 명이지만 아마 곧 열다섯, 열여섯 명 정도 될 것 같다. 허둥지둥 식탁을 이리 옮겼다 저리 옮겼다 수선을 피운다. 보아하니 하다 보면 언젠가는 모두가 한 테이블에 앉을 수 있는 대열 배치법을 찾을 수 있다고 생각하는 것 같다.

식당 여주인은 기술자와 토론 중이다. 냉장고가, 아니 몇 대의 냉장고들이 말썽인 모양이다. 기술자는 부품이 있어야 하므로 내일까지는 아무것도 해 줄 수 없다고 말한다. 여주인이 욕을 퍼붓는다. 기술자는 그러거나 말거나 자기 할 말만 한다. “욕을 하시는 건 좋아요. 저도 이해해요. 저라도 그럴 거예요. 하지만 저도 어떻게 할 수가 없어요. 부품이 없잖아요. 하나도 없다니까요. 밤새 여기 서서 욕을 들어 줄 수도 있어요. 원하시면 언제라도 그렇게 해 드릴게요. 하지만 소용이 없잖아요. 부품이 없는데. 욕하면 재미야 있겠지만 소용이 없잖아요. 그래 봤자 우리 둘 다 피곤하기만 하죠. 소용이 없다니까요."

나는 오늘의 메뉴를 손 글씨로 적어 놓은 칠판을 보고 있다. 거의 생선 요리들이다. 기술자가 혼자 중얼거리면서 식당을 나간다. 그 뒤통수에 대고 여주인이 욕을 한 바가지 더 날려 준다. 그리고는 화를 못 참고 씩씩거리면서 분필을 집어 들고 메뉴가 적힌 칠판에다 이렇게 써 놓는다. '모든 메뉴 왕 곱빼기로!'

나는 냉장고가 언제부터 말썽을 부렸을까 고민하기 시작한다.

식탁을 옮기던 무리가 말발굽 모양으로 배치하기로 합의를 본다. 식당 주인이 악을 쓴다. "이렇게 하면 안 돼요. 내가 지나갈 수가 없잖아." 토론과 식탁 옮기기 과정이 처음부터 다시 시작된다.

기억이 난다. 쇠네베르크의 어느 생선 가게에는 이런 팻말이 걸려 있다. '그리스에서 수송해 온 갓 잡은 생선!'

그 팻말을 처음 봤을 때 나는 평균적인 생선은 어느 정도의 기간 동안 갓 잡았다고 부를 수 있는지, 그리스에서 베를린까지 얼마나 빨리 생선이 수송될 수 있는지 고민하기 시작했다. 생선 가게가 뻥을 치는 건 아닌지 의심스러웠던 것이다. 그러나 며칠 후 대형 마트의 냉동생선 코너에서 또 한 번 '갓 잡은'이라는 표현을 목격하고는 더 이상 그 문제는 고민하지 않기로 결심을 굳혔다.

식탁을 옮기던 사람들 사이에서 토론이 점차 격한 다툼으로 발전한다. 무리 중 하나가, 보아하니 수학 교사인 듯한데 자신이 대충 서둘러 그린 스케치대로 식탁을 배열하자고 주장한다. 자기가 계산해 보니 그렇게 배열을 해야만 모두가 앉을 수 있고 똑같은 크기의 식탁 면적을 이용할 수 있다는 말이다. 그의 주적主敵인 여성은 조경사인 것 같다. 시뻘게진 얼굴로 그녀가 덤벼든다. "공간의 조화도 생각해야지요!" 그녀는 별 모양 대열을 요구한다. 반대로 한 사회교육학자는 모두가 안으로 들어가서 앉고 식탁을 바깥에 빙 둘러 배치하자고 제안한다. 자기가 다른 모임에서 그렇게 해 봤는데 아주 좋았다고 말이다. 정작 그사이 식당에 도착한 나머지 사람들은 대부분 어찌할 바를 모르고 물 컵을 손에 든 채 서서 요란스럽게 식탁을 이리저리 옮기는 행동 대원들을 빤히 쳐다보고만 있다. 한 사람이 탁자를 여러 층으로 포개자고 농담을 던진다. 안타깝게도 유머로 분위기를 녹이려던 그의 시도는 무참한 실패로 끝난다. 아니, 오히려 갈등만 증폭시키고 공격의 화살을 잠시 그에게로 돌리는 효과만 낳았을 뿐이다.

나는 메뉴판에 시선을 고정한다. 내 친구 페터는 2000년 초 브란덴부르크에 갔다가 어떤 카페 앞에서 이렇게 적힌 특별 메뉴를 보았다는 말을 수십 번도 더 했다. '뜨거운 커피! 매일 뽑아요.' 그런 식이라면 세상 모든 식당이 어마어마한 숫자의 특별 메뉴를 개발할 수 있을 것이다.

식당 여주인이 다시 투덜거리며 부엌에서 나온다. 그러고는 메뉴판에 '싱싱한 생선'이라는 글자를 지우고 대신 '생선가스'라고 적는다.

아! 그냥 샐러드만 시키는 게 좋을 것 같다.

아니면 다른 식당으로 옮길까? 식탁 옮기던 무리는 이제 모두가 사납게 고함을 질러 대고 있다. 식탁을 가장자리로 다 치우고 식당 가운데 바닥에 쪼그리고 앉아 여전히 모두가 한 식탁에 앉을 수 있는 방법을 모색하는 중이다.

한 젊은 여성이 이들과 약간 거리를 취하고 싶은 듯 내 옆자리에 앉아도 되냐고 묻는다. 대화가 끊기지 않도록 나는 왜 그들이 여기서 만났는지 묻는다.

"아, 네, 조합을 결성해서 베를린에 공동주택을 지으려고요."

조경사가 수학 교사의 얼굴에 맥주를 끼얹는 모습을 보면서 나는 생각한다. 조합원 모두에게 오늘 하루가 매우 강렬하고 충만한 경험이 되겠군. 제구포신除舊布新(묵은 것을 버리고 새로운 것을 펼침—역주)이라는 사자성어가 있다. 아마도 여기선 이 건축주들이 묵은 것인 듯하지만…….

소극적으로 깨어 있었을 뿐이야

여자친구와 함께 언론사 프리패스권을 들고 베를린 국제 영화제에 간다. 내 생애 처음으로 공식적인 권한을 부여받은 순간이다. 정말로 신난다. 베를리날레 궁에서 그냥 줄을 무시하고 앞으로 걸어가 우리의 플라스틱 카드를 보이면 바로 통과된다. 이거 이거, 상당히 괜찮은 기분인걸. 나는 얼른 다시 약 20미터를 되돌아간 다음 돌아서 다시 한 번 카드를 들고 줄을 지나쳐 언론사 출입구로 들어간다. 와우! 사부아르 비브르savoir-vivre!(이런 게 인생이지!—역주) 내가 다섯 번을 왔다 갔다 하자 여자친구가 살짝 짜증을 낸다. 하지만 베를리날레의 극장표 검사관은 씩 웃으며 이렇게 말한다. “아, 어서 오세요. 한 번 더 입장하세요. 정말 재미있나 봅니다.”

대범한 남자다. 그는 나를 이해한다. 그를 향해 다정하게 미소를 지으며 다시 밖으로 나간다. 하던 대로 막 20미터쯤 걸어갔을 때 그가 갑자기 일반인 출입문을 활짝 열고 줄 서서 기다리던 관객들을 서둘러 입장시킨다.

우리가 입장했을 땐 당연히 영화관에 자리가 거의 남아 있지 않다. 여자친구가 불만스러운 표정으로 나를 쳐다본다. 내 미래가 훤히 보인다. 빈 좌석 두 개를 찾지 못할 경우 나는 또 대역죄인이 될 것이다. 그녀가 어떻게든 반드시 그렇게 되도록 만들 것이다.

한 동양인 남자가 일고여덟 번째 줄에 서서 우리에게 손짓을 한다. 누가 봐도 지금 우리더러 자기한테로 오라는 뜻이다. 게다가 그는 우리를 위해 자기 옆의 두 좌석을 맡아 놓았다. 우리는 사람들을 헤치고 그에게로 달려간다. 덕분에 모두가 좌석에서 일어서야 할 판이고 면면에 짜증이 묻어난다. 그럼에도 그들은 서둘러 그 유명한 다정하고 몽환적인 베를린 영화제용 미소를 얼굴에 띠어 준다.

그가 있는 곳까지 채 2미터도 안 남았을 때 유감스럽게도 갑자기 그가 사람을 헷갈렸다는 사실을 깨닫는다. 이제 그는 우리에게 오라는 손짓을 할 때와 똑같이 허둥지둥 우리를 쫓아 보내려고 난리를 친다. "No, no, not you, a misunderstanding, go away, go away, not you, go away again, please, please, go!"

우리는 바로 그의 딜레마를 알아차렸지만, 한사코 못 알아들은 척하면서 다정하고 몽환적인 베를린 영화제용 미소를 지으며 비어 있는 의자에 털썩 주저앉는다.

그는 더욱 더 허둥지둥 법석을 떤다. "No, no, stand up, please, no not you, go away, go away, please." 그야말로 절망적인 몸짓이다. 우리는 양심의 가책을 느낀다. 그래서 눈빛으로 자리를 비워

주자고 합의한다.

그러자 남자가 저 구석에 서 있는 한 커플에게 손짓을 한다. 일어서면서 슬쩍 쳐다보니 이건 도무지 파렴치하다고밖에 달리 표현할 길이 없다. 어떻게 저런 사람들과 우리를 헷갈렸단 말인가. 남자는 나보다 훨씬 더 키가 작고 뚱뚱하다. 게다가 지적인 구석이라고는 눈을 씻고 찾아봐도 없다. 여자친구 역시 그가 자기랑 헷갈린 여자에게 심각한 불만을 느끼는 것이 분명하다. 말도 안 돼. 우리는 별로 즉각 다시 의자에 주저앉는다.

그러니까, 정말 그 말이 맞는 걸까? 동양 사람들 눈에는 유럽 사람들이 다 똑같아 보이는 걸까? 어쨌든 그의 동양중심적 인종주의 탓에 그의 친구들은 이제 서서 영화를 봐야 한다. 영화를 보는 내내 그도 아마 이 문제에 대해 깊이 고민해 볼 수 있을 것이다.

불이 꺼지자 결국 남자도 포기한다.

약 한 시간 후 나는 내 오른쪽 자리의 관객이 잠들었다는 것을 깨닫는다. 희미한 스크린의 빛에 의지해 그의 프리패스권 카드를 확인한다. 이탈리아 텔레비전 방송국에서 온 사람이다. 멋진 영화 뉴스를 쓰겠군. 그러고 나서 보니 그 옆자리 여자도 자고 있고 뒷자리 남자도 자고 있다. 내 앞줄과 뒷줄에 앉은 사람들도 마찬가지다. 사방을 두리번거린다. 세상에……. 극장 전체가 잠들었다. 여자친구와 문제의 동양인 남자도 자고 있다. 심지어 심사위원들까지 모두 잠이 들었다. 전 세계 언론이 잠들었다. 이 경쟁부문 영화를 아직도 보고 있는 사람은 나 하나뿐이다. 이제 모든 것은 나에게 달렸다. 나만 이 헝가리 · 프랑스 영화를 완벽하게 평가할 수 있다. 이 무슨 어깨를 짓누르는 막중한 책임감이란 말인가. 완전히 집중해야 한다. 어느 한 장면도 지나쳐서는 안 된다.

여자친구가 나를 툭 친다. 그녀가 속삭인다. "잤어?"

나는 화들짝 놀라 깬다. "아냐, 아냐. 소극적으로 깨어 있었을 뿐이야."

* * *

영화가 끝나고 사람으로 꽉 찬 레스토랑에 서서 절망적인 심정으로 빈 좌석을 찾고 있을 때 그녀가 다시 묻는다. "아까 영화 보다가 잔 것 같던데. 잤어?"

"응, 잤어. 못 믿겠지만 꿈까지 꿨어. 꿈에 모두들 잠이 든 거야. 세계 언론 중에 나만 유일하게 영화를 보고 있었지."

"아하."

"응. 그래서 생각했어. 아마 사람이 죽으면 이렇겠구나. 나만 살았고 다들 죽었다고 생각할 거야."

여자친구가 나를 빤히 쳐다보다가 다정하고 몽환적인 베를린 영화제용 미소를 지으면서 말한다. "실례지만 뭐라고 하셨어요? 제가 조금 전에 소극적으로 깨어 있어서요."

그녀의 그 말이 무슨 뜻인지 정확히 모르겠다. 다시 물어볼까 고민하는 순간 식당 저 구석에서 아까 그 동양인 남자가 빈 의자 두 개를 앞에 두고 우리에게 손짓하는 것이 보인다. 우리는 그를 향해 출발한다. 2, 3년쯤 지난 후 베를린 영화제를 떠올릴 때면 그도 우리를 생각하며 웃을지 모르겠다.

마지막 유언

유명한 사람이나 또 그리 유명하지 않은 사람이 죽기 직전에 던진 마지막 한마디의 유언이 인류 공동의 재산이 되는 경우는 드물지 않다. 괴테의 "더 많은 빛을!", 아르키메데스의 "내 원을 밟지 마시오!"는 물론이고 어느 비행기 승객의 "봐, 내 휴대전화로 착륙용 보조날개를 원격조종할 수 있어"라는 마지막 말 역시 수많은 사람들에게 성찰의 기회를 제공하였으니 말이다.

험프리 보가트는 실제로 이런 유언을 남겼다고 한다. "스카치에서 마티니로 바꾸는 게 아니었는데." 베르톨트 브레히트는 "나 좀 가만히 내버려 둬"라는 매우 호감 가는 유언을 남기고 인생의 무대에서 퇴장했다고 한다. 그에 비한다면 루이스 부뉴엘의 "나는 죽는다"는 창의성의 측면에서 중간 수준밖에 안된다. 너무나 지당하신 말씀이지만 이승을 떠나는 순간조차 아는 척하는 버릇을 못 고쳤으니 말이다.

최근에 베를린 국제 영화제에서 상영 시간 두 시간 반짜리 헝가리 영화 한 편을 보았다. 철학자 프리드리히 니체의 마지막 말을 주제로 삼은 영화였다. 어쨌든 겉보기에는 그렇다. 1889년 니체는 토리노에서 외출을 하려고 집을 나섰다가 말에게 채찍질을 하는 마부를 보았고, 말을 구하기 위해 달려들어 말을 끌어안고 통곡하다가 그만 실신을 하고 만다. 열흘 후 잠깐 다시 총명한 정신으로 돌아온 니체는 그 유명한 마지막 말을 뱉는다. "어머니, 전 바보였어요." 그 후 그는 남은 인생을 침묵한 채 정신착란 상태에서 보냈다. 이 일화를 모르는 사람은 없다. 하지만 영화의 관심사는 그것이 아니다. 영화는 흥미로운 문제를 추적한다. 즉 말에게는 무슨 일이 일어난 것일까? 그 사건이 있고 난 후에는 어떻게 되었을까?

그런 식의 발상은 매우 칭찬받을 만하다고 생각한다. 같은 사건을 다른 측면에서도 살펴보는 거다. 예를 들어 등반가가 주인공인 영화라면 추락한 등반가의 드라마와 비극에 대해서만 이야기하는 것이 아니라 사람들이 굴러 떨어질 때 산은 대체 어떤 기분이 드는지도 고민하는 것이다. 어쩌면 산도 괴로울지 모른다. 착한 화산에게도 한 번쯤 속내를 털어놓을 기회가 필요하다. 다혈질인 동료 화산들이 도통 자제를 못 하고 계속 폭발하는 동안 너무 착해서 한 번도 폭발하지 않은 착한 화산……. 그런데 오히려 폭발하는 동료들은 스타 대접을 받고 정작 착한 그는 조롱거리가 되거나 심지어 무시를 당한다.

나의 여자친구는 약간이나마 이런 넓은 혜안을 가진 사람이다.

최근에 내가 생선을 먹고 식중독에 걸려 배를 움켜잡고 화장실 문고리에 매달려 있었더니 그녀는 실제로 이런 말을 했다. “오오, 불쌍한 생선!”

그건 그렇고 베를린 영화제의 그 영화에선 두 시간 반 동안 거의 아무 일도 일어나지 않는다. 무시무시한 폭풍이 몰아치고 농부 부부가 감자를 먹고 여러 번 옷을 입었다 벗고 말이 아픈 것만 빼면 그 외에는 아무 일도 없다. 게다가 두 시간 반 동안 계속해서 흑백 장면이다. 대사도 거의 없다. 영화 중간에 한 번 6분 동안 편집 없는 잡담이 통째로 들어가 있는 것이 전부다. 그것도 헝가리어로. 상영 직후 나는 생각하……. 하긴 뭐, 사실대로 말하면 아무 생각도 하지 않았다. 내가 헝가리 사람이었다면? 아마 헝가리어로도 생각하…지 않았을 것이다.

그런데 몇 주가 지나고 계산해 보니 벌써 몇 번씩이나 그 영화에 대한 꿈을 꾸었고 매일 적어도 하루 한 번은 짧은 순간이나마 그 영화 생각을 하였으며 그 농부 부부나 말의 모습을 떠올렸다. 지난 10년 동안 그 어떤 영화도 이루지 못한 쾌거였다. 영화 제목은 〈토리노의 말The Turin Horse〉이고 심사위원 대상을 받았으며 아마 지금도 어디선가 상영하고 있을 것이다. 그러니 헝가리 농부의 꿈을 흑백으로 연신 꾸고 싶은 마음이 있는 사람만 보러 가시라!

* * *

어쨌든 이 영화 때문에라도 나는 내 마지막 유언을 무엇으로 할지 고민을 해야 했다. 기가 막힌 말이어야 한다. 철학적이고, 위트가 넘치며, 완벽하게 맞아떨어지는 데다 나를 영원히 아주 지적인 사람으로 기억하게 할 그런 명언. 다만 문제는, 내가 그 말을 죽기 직전에 할 것이라고 어떻게 확신할 수 있을까? 그런 상황, 그러니까 곧 죽을 상황에선 생각이 완전히 딴 곳에 가 있을 텐데. 그런데 어떻게 마지막 유언을 기억할 수 있을까? 까먹어 버리면 어떻게 하지? 그런 일이 어디 한두 번이어야 말이지.

더구나 죽기 전에는 절대로 그 말을 입에 올려서는 안 된다. 그렇게 되면 마지막 유언이 아닐 테니까. 나의 불멸의, 위대한 마지막 유언이!

그다음 순서로 떠오르는 생각은 당연히 죽음을 미리 예행연습해 보자는 것이었다. 완벽하게, 감독, 배우, 시나리오를 구비하여. 하지만 그것 역시 쉽지가 않다. 아무리 예행연습이라도 그 마지막 유언을 입에 올려서는 안 되기 때문이다. 더구나 다른 배우들과 감독에게 사실은 예행연습이었노라고 털어놓을 일도 걱정이다. 그랬다가는 여지없이 맛 간 또라이로 보일 것이 분명하다.

이 문제를 어떻게 풀어야 할지 아직 감이 안 잡힌다. 이러다가 나도 결국 멕시코의 해방 투사 판초 비야처럼 될 것 같다. 그는 마지막 유언으로 한 기자에게 이렇게 말했다고 한다. “아아, 이렇게 급히 갈 순 없어. 내가 무슨 말이라도 했다고 써요.”

그 기자가 그 말을 전함으로써 그의 마지막 소원을 들어준 것인지 아닌지를 두고는 논란의 여지가 있을 수 있겠다.

고품격 신데렐라

정말 우아하고 기품 있고 발에 딱 맞으며 편안한 신발을 고급 재료를 사용하여 제작하는 제화공 대다수는 지금도 남자 구두를 만든다. 참 이상하다. 여자들은 어마어마하게 많은 에너지와 돈과 열정 및 시간(자기 시간은 물론 남의 시간까지)을 완벽한 구두를 찾는 데 투자한다. 그런데도 제화공을 찾아가서 꿈의 구두를 맞추려는 생각을 하지 않는다. 왜 그럴까?

전통적인 제화공 중에도 여성의 비율은 극소수이다. 가죽을 가공하는 공장에서 일하는 여성들은 대부분 장신구나 가방, 액세서리를 제작한다. 구두를 만드는 경우는 거의 없다.

최근 나의 절친 율리아에게 이런 관찰 결과를 알려 주었더니 그냥 어깨만 으쓱했다. 그녀는 그것이 지극히 논리적이라고 주장했다. 그녀는 자기라도 결코 여성 고객을 원치 않을 것이라 일갈했다. 구두를 맞출 때만 그런 것이 아니다. 율리아의 설명대로라면 여자들은 꿈의 구두를 정확히 상상할 수는 있지만 그것을 설명할 수도 그릴 수도 없다. 그냥 스케치를 하는 것도 안 된다.

그 말을 들으니 머리가 복잡하다. 여자들은 가슴 깊숙한 곳에 뜨겁게 타오르는 어마어마한 동경을 간직하고 있다. 하지만 그 동경이 정확히 무엇인지는 비밀에 부친다. 그럼에도 그 동경을, 꿈의 구두를 찾아 헤맬 수밖에 없는 저주의 운명을 타고났다. 정말로 어렵다.

율리아는 또 말한다. 희망의 순간은 늘 다시 찾아오지만, 그러다가도 결국엔 이 구두 역시 여기저기 불편한 구석이 많다는 사실이 밝혀진다. 결국 자기와 맞는 남자를 찾는 것과 비슷하다. 늘 이번에야말로 진짜 인연을 만났다고 기대하지만, 그와 함께 장거리 구간을 달리다 보면 어느새 참을 수 없을 만큼 불편한 구석이 나타나기 마련이다. 그래서 많은 이들이 평생 동안 꿈의 짝을 찾아 헤맨다. 또 오래 신다 보면 어떻게든 길이 들 것이라고 기대하는 이들도 있고, 심하게 불편한 곳에 굳은살을 쌓아 가는 이들도 있다. 그럼에도 동경은 남는다. 영원히, 결코 채워지지 않을 동경이.

그래서 구두 심리학에선 소위 신데렐라 증후군이라는 말도 쓴다. 발에 딱 맞는 구두를 가져올 왕자를 향한 영원한 동경. 그런 왕자는 당연히 동화에만 존재한다. 이런 슬픈 현실을 깨닫는 것이 여성들에겐 사춘기와 갱년기 사이에 치러야 하는 가장 힘든 정서적 시험이다.

율리아는 이 세상에 딱 두 가지 종류의 여성이 있다고 주장한다.

발에 맞는 구두를 가진 여성과 자기와 맞는 남자를 가진 여성. 둘 모두를 갖는 건 불가능하다. 물론 회색지대를 생각해 볼 수는 있겠다. 아니면 구두와 남자를 두고 협상을 하든지.

그렇지만 이 말은 또 이런 뜻이기도 하다. 어떤 이유에서건 언젠가부터 구두에 대한 관심이 시들해진 여성은 위안 삼아, 혹은 불꽃이 엉뚱한 곳으로 튀는 바람에 더 나은 남자를 향한 동경을 불태우게 된다. 다시 말해 어떤 여성이 구두 가게 여러 곳을 아무 관심 없이 휙휙 지나가거나 아예 쇼윈도도 쳐다보지 않는 순간 그녀와의 관계는 확실히 가을로 접어들게 되리라는 것이다. 그럴 땐 극도의 주의를 요한다! 따라서 여성의 구두 구매는 항상 자기 옆에 있는 남성에 대한 정조 고백과 같은 것이라는 말로, 율리아는 긴 설명을 끝맺었다. 우아한 미소를 머금은 채.

율리아가 얼마나 많은 남성에게 자신의 구두 논리학을 설명해 주었는지는 모르겠다. 어쨌든 그녀에게는 정말로 많은, 정말로 예쁜 구두들이 있다.

두터운 발

최근 한 친구와 의절했다. 그녀가 나에게 잡지에 실린 멜 깁슨의 최근 사진을 보여 주면서 그의 몸매가 여전히 이렇게 멋지다는 사실을 알았느냐고 물었기 때문이다. "이것 봐, 얼마나 탄탄하고 잘 다듬어진 근육질 몸매인지! 너보다 거의 스무 살이나 많은데. 믿을 수가 없다." 그런데 잠깐! 어떻게 그런 것을 비교한단 말인가. 물론 내가 마음의 상처를 받은 것은 아니다. 그저 실망했을 뿐이다. 그런 것은 절대로 비교할 수 없는 것이다. 내가 20년 후 어떤 몸매가 될지 누가 알겠는가! 지금의 멜 깁슨보다 훨씬 더 날씬하고 훨씬 더 근육질일지도 모를 일 아닌가. 내 어디가 그 늙다리 할아범보다 못하단 말인가.

그가 어떻게 근육을 만들었는지도 의문이다. 최근에 이런 글을 읽었다. 지방을 흡입한다 해도, 예를 들어 배의 지방을 지방 세포와 같이 흡입한다 해도 생활 스타일을 바꾸지 않는 이상 그 지방은 금방 다시 돌아온다. 하지만 배로 돌아오지는 않는다. 이제 배에는 지방 세포가 없기 때문이다. 대신 엉덩이나 목, 장딴지에 지방이 낀다. 매력적이지 않은가. 지방이 제 갈 길을 찾아가다니.

정말 그렇다면 이 방법을 다르게도 써먹을 수 있을 것이다. 신체 어떤 부위에 지방 세포를 완전히, 완전히 많이 주입해 넣으면 반대로 그 부위가 나머지 신체의 모든 지방을 뽑아 오지 않을까? 그냥 신체의 한 부위에 넣을 수 있는 최대한의 지방 세포를 빵빵하게 집어넣으면 그 지방 세포가 지방을 먹고 싶은 욕망에 나머지 신체 부위의 지방을 죄다 끌어당길 것이고, 그러면 순식간에 그 부위가 완벽하게 탱탱해지고 탄탄해질 것이다.

문제는 쓸데없는 지방을 다 끌어모을 부위로 어디가 가장 적당한가 하는 것이다. 최대한 사람들의 눈에 띄지 않아야 할 텐데, 머리꼭대기라면 거대한 모자로 숨기면 될 것이다. 또 상박근이라면 적당한 상박근 맞춤 코르셋을 착용하여 근육으로 위장할 수 있을 것이다. 아니면 온몸의 지방을 발로 끌어모으는 것은 어떨까? 아, 그럼 그에 맞는 크기의 운동화를 맞춰야겠지? 광대 신발 같은 것으로. 당연히 걷기는 힘들 것이다. 필요하다면 전기로 작동하는 롤러스케이트나 세그웨이(탑승자가 서서 타는 1인용 탈것으로 균형 메커니즘을 이용하며 전기모터로 구동된다.—역주)를 맞춤 제작해도 될 것 같다. 물론 그런 식으로 아예 움직이지 않으면 건강에는 몹시 안 좋겠지만 어차피 온몸의 지방은 다 발로 모일 테니 상관없지 않을까? 분명 잘될 거다.

이런 연관 관계를 알고 난 후부터 나는 몸매가 좋은 근육질 남성을 보면 제일 먼저 발에 눈이 간다. 내가 보기엔 멜 깁슨도 예전보다 발이 훨씬 커진 것 같다. 늘 "난 겉보기만 이렇지 벗겨 보면 상당히 날씬해"라고 우기던 우리 삼촌의 말조차 갑자기 전혀 난해하게 들리지 않는다.

3
큰 기대

“내가 왜 공부를 하는지 알아? 공부한 걸 까먹을까 봐
노심초사하면서 서서히 까먹으려고 공부하는 거야.”
술집에서 만난 다른 남자.
아마 내 질문에 대답을 한 것 같다. 아니면 내가 했던 말인가?

마드리드와 베를린의 차이

남의 나라를 가 보면 새삼 자신에 대해 많은 것을 알게 된다. 여행을 통해 얻은 깨달음 중 하나는 내가 이 세상에 존재하는 언어 가운데 상당수를 누가 봐도 눈치챌 정도로 잘할 줄 모른다는 사실이다. 아니, 거의 못한다는 말이 더 맞다. 대부분의 언어는 오직 '예'와 '아니오'밖에 모른다. 그것도 말로 하는 것이 아니라 그냥 고개를 끄덕이거나 가로젓는다. 대신 상당히 유창하다.

이런 이유로 난생 처음 마드리드에 가서 스페인어 역시 내가 전혀 알아듣거나 말하지 못하는 언어 중 하나라는 사실을 확인했을 때 나는 그리 크게 놀라지 않았다.

대신 다른 문제가 발생했다. 문제의 원인은 내가 가족을 데리고 친구네 집을 찾아가기로 한 데 있었다. 직장 때문에 2년 동안 마드리드에서 사는 친구였는데, 그는 며칠 자기네 집에 와서 마드리드를 체험하는 것이 분명 탁월한 선택이 될 것이라며 우리를 꼬드겼다. 특히 마드리드에 대한 나의 평가에 그들의 관심이 쏠렸다. 오래

전부터 나는 오직 베를린과 비교하기 위해서만 다른 도시를 찾는다는 명성이 자자했기 때문이다.

가겠다고 대답하자마자 친구가 우리를 마드리드로 부른 또 다른, 사실은 진정한 이유가 밝혀졌다. 우리가 친구에게 갖다 주어야 할 물건이 엄청났던 것이다. 친구는 이틀에 한 번꼴로 전화를 걸어 시급하게 필요한 물건의 목록을 차곡차곡 늘려 주었다. 심지어 공항 면세점에서 파는 물건까지 주문했다. 스위스 초콜릿, 대용량 향수('옵세션'), 베스트팔렌 산 햄이 주문 목록에 차례로 올라갔다.

우리는 더할 나위 없이 착하게도 친구가 주문한 물건들을 몽땅 다 장만하여 짐을 꾸렸다. 그런데 마드리드 공항에서 산 향수병을 넣은 쇼핑백이 영 성가셨다. 그래서 수화물 컨베이어벨트에서 찾은 여행 가방을 열어 맨 위에 그냥 쑤셔 넣었다. 나의 여행 가방으로 말하자면 바퀴가 네 개나 달려 있어서 저절로 굴러간다는 캐리어 가방이다. 그냥 살짝 밀어 주기만 하면 '슈웅' 저 혼자서 역과 공항을 종횡무진한다. 진실로 대단하다.

그런데 마드리드 공항은 아주 살짝 경사가 졌다. 아주 살짝 말이다. 걸어서 가면 전혀 느끼지 못할 정도다. 예민한 캐리어는 그 사실을 바로 알아차렸다. 곧바로 완전히 흥분하여 쉬지 않고 덜거덕, 비틀거리는 바람에 나는 이런 생각을 하게 되었다.

'이게 무슨 일이래? 그래도 얼마나 오래 비행기 안에 갇혀 있었는데, 좀 달리게 두자. 날뛰더라도 그냥 봐주지, 뭐.'

그랬더니 이게 웬일, 캐리어가 곧장 출발했다. 쉬웅! 엄청나게 빠른 속도로 빙빙 돌고 달리면서 신이 났다. 저 순수한 기쁨을 보라! 살짝 자부심마저 들었다. 저거 봐, 제일 빠른 놈, 저놈이 내 것이라니까! 내 캐리어라니까! 저기 미친 듯 달려가는 놈, 제 갈 길을 알아서 척척 찾는 놈, 저렇게 신이 나서 씽씽 달리는 개구쟁이 같은 놈! 그런데 그 개구쟁이도 계단은 어쩔 수가 없었다. 전혀 속도를 내지 못했다. 첫 번째 계단부터가 실패였다. 심지어 상당한 볼거리를 주며 실패했다. 그럼에도 놈은 포기를 모르는지라 나는 또 감동을 먹어 여자친구에게 이렇게 말했다. "저것 좀 봐, 두 번째 계단에서 또 도전하잖아." 하지만 이번에도 역시나 실패였다. 정확히 말하자면 마주치는 계단마다 족족 실패를 했다. 맨 아래 계단까지.

그럼에도 기적처럼 아무 사고도 나지 않았다. 캐리어도 멀쩡했고 누군가 다친 사람도, 부서진 물건도 없었다. 그렇게, 생각했다. 잠시 후 캐리어를 열어 그 참혹한 광경을 보기 전까지는. 향수병이 지독히도 운이 없었던지 계단에서 그만 박살이 났고……. 아……. 참으로 아름답지 않았다. 모든, 정말로 나의 모든 물건에서 극도로 강렬한 '옵세션'의 향기가 뿜어져 나왔다. 사실상 그것은 나의 마드리드 휴가 전체를 좌지우지한 사건이었다. 나는 자주 가게 밖에 혼자서 있어야 했다. 우리 가족이 가게로 들어서자마자 쏟아지는 따가운 눈총을 피하려면 어쩔 수 없었다.

* * *

이틀 후 우리 가족은 아예 따로 다니기 시작했다. 나로서는 나쁘지 않았다. 나는 어느 작은 야채 가게에 혼자 들어가 야채를 사기도 했다. 기분 좋았다. 물건을 파는 동양인 여자는 시종일관 웃어 주었다.

원래는 사과 몇 개와 우유만 사려고 했다. 하지만 내가 무언가를 가리키며 "Este(이거)?"라고 물을 때마다 그녀가 진심으로 매혹적인 웃음을 날렸기 때문에 나는 배와 복숭아, 사과주스와 오이, 호두, 오르차타(스페인, 라틴아메리카의 사람들이 즐겨 마시는 음료의 일종—역주), 버터, 치즈, 오렌지, 당근까지 샀다. 오직 그녀의 웃음이 너무나 좋았기 때문이었다. 마지막으로 산 당근은 한 개씩 낱개로 샀다. 열두 개의 당근을, 한 개씩. 한 개, 또 한 개를 살 때마다 그녀는 한 번도 거르지 않고 웃었다.

다음 날 다시 가게에 들어서자 그녀는 당장 나를 알아보고 말했다. "오, 미스터 옵세션!" 나는 또 배와 사과를 샀고 당근을 낱개로 샀다. 그녀는 매번 웃어 주었다. 마드리드에서 가장 행복했던 때였다.

나중에 베를린으로 돌아와 다시 한 번 시도해 보았다. 그러니까 야채 가게에서 당근 열두 개를 하나씩 차례차례 사 보려고 한 것이다. 과연 가게 여주인이 매번 웃어 줄까? 흥미진진했다. 아마도 이것이 베를린과 마드리드의 큰 차이점 중 하나일 것 같았다. 열두 개의 당근을 차례차례 한 개씩 살 때 여주인의 반응 말이다.

베를린에선 시작부터, 그러니까 진열대로 다가가 "안녕하세요, 당근 하나 주실래요?"라고 말을 건넸을 때부터 분위기가 좋지 않았다. 뭐, 가게 여주인이 살짝 관심을 보였다는 점은 부인할 수 없지만.

"당근 한 개요? 충분히 고민하고 결정했어요? 정말로 딱 한 개만 필요해요? 당근 반 개가 필요한 건 아니고? 당근 한 개로 괜찮을지 다시 한 번 살펴봐요. 당근 한 개 주인으로 새 인생을 잘 살 수 있을지."

그녀는 마지못해 당근의 무게를 달고 포장을 하였고, 이어 내가 다시 "감사합니다. 근데 당근 한 개 더 사려고요."라고 덧붙였을 때, 야채 가게 여주인과 나의 관계는 냉동실 얼음보다 더 급속 냉각되었다. 글쎄 그렇다니까, 완전히 얼어붙었다니까! 충격적일 정도로 소란스러워졌고 결국 나는 두 번째 당근을 사지 못했다. 여주인이 아무것도 팔지 않겠다고 선언한 것이다. 심지어 내가 토마토 2킬로그램을 더 살 마음의 준비가 되어 있었는데도!

그다음에는 당연히 '옵세션'을 한 병 사야 하나 하는 고민이 따라왔다. 그것을 온몸에 끼얹고 다른 베를린 야채 가게 여주인에게 다시 한 번 시도해 볼까? 어쩌면 마드리드에서 나의 향기가 지대한 역할을 했을 수 있다. 충분히 그럴 수 있다.

정말로 그렇다면, 그 소문이 널리 널리 퍼진다면, 정말로 여성을 확실히 웃게 만들 수 있는 남성용 향수가 있다면 아마 세상이 바뀔 수도 있지 않을까?

자판기 프랑스어

몇 주 전 마침내 다시 제법 긴 기간 동안 프랑스에서 지낼 기회를 얻었다. 무지무지 좋았다. 프랑스어가 내가 할 줄 아는 소수의 외국어 중 하나라는 것부터가 좋았다. 아, 물론 말이 그렇다는 거다. 어쨌거나 학교에서 7년이나 배웠으니까. 무엇보다 하릴없이 잠자고 있는 지식을 드디어 실생활에서 활용할 수 있다는 것부터가 기뻤다.

그랬기에 실제로 그 누구도 나의 프랑스어를 이해하지 못한다는 사실을 뼈아프게 확인했을 때 실망감은 한결 깊었다. 처음에는 도무지 이유를 알 수 없었지만 결국 깨달았다. 내가 쓰는 프랑스어가 요즘 사람들은 거의 안 쓰는 옛날 고급 프랑스어라서 그랬다는 것을.

내가 너무 정확한 학교 프랑스어, 아니 대학 프랑스어를 쓰는 바람에 이런 소통의 문제를 겪는 것 같다는 추측을 여자친구에게 말했더니 그녀는 이렇게 대답했다. “맞아, 대학 프랑스어겠지. 비프랑스어권 대학.”

그럼에도 나는 아무 문제 없이 잘 지냈다. 대부분의 프랑스 사람들이 내가 프랑스어로 말을 걸자마자 독일어로 대답했기 때문이기도 했다. 우리는 알자스에서 지냈다. 알자스를 여행지로 선택한 까닭은 무엇보다 미래를 구경하고 싶어서였다. 뮐루즈 바로 뒤에는 덩치가 산만 한 전형적인 프랑스식 괴물 대형 마트가 있는데, 자기네 마트에 와서 쇼핑을 하면 미래를 체험할 수 있다고 광고를 했다.

가서 보니 디자인도 그럭저럭 미래적이고 귀여운 장치들도 몇 가지 숨겨져 있다. 신선 코너 앞에 소형 컴퓨터 단말기 몇 대가 그중 하나다. 단말기에 주문하고 싶은 것들을 입력한다. 그다음 우아하게 장을 보고 돌아오면 주문했던 소시지, 생선, 고기, 치즈가 멋지게 포장이 된 상태로 기다리고 있다. 이런 원칙을 설명해 놓은 그림 밑에는 이렇게 쓰여 있다. 쇼핑을 훨씬 더 여유 있고 즐겁게, 더 신속하게 처리할 수 있어 시간 절약도 기쁨도 두 배가 된다고. 대충 그런 내용이다. 안타깝게도 전부 다 현대 프랑스어로 쓰여 있어서 옛날 고급 프랑스어를 구사하는 나로서는 그것부터가 미래의 프랑스지만 말이다.

어쨌든 그 말은 맞다. 신선 코너에는 긴 줄이 보이지 않는다. 대신 고객 센터에 사람이 넘쳐나 그 줄이 신선 코너까지 넘어온 탓에 그 사이로 지나가기가 쉽지 않다. 수많은 고객들이 고객 센터에서 주문했던 물건들을 두고 논쟁을 벌이고 있다. 예를 들자면, 이유는 모르겠지만 자신이 주문한 부드러운 염소치즈 대신 질긴 알자스 산

돼지머리 젤리를 받았는데 절대로 그걸 들고는 집에 가지 않겠다는 식의 논쟁이랄까.

이로써 한 가지 사실을 확인할 수 있다. 미래의 쇼핑은 놀라울 정도로 여유 있고 간단하며, 즐거움과 기쁨이 넘친다는 사실을! 물론 그 대신 환불과 교환 때문에 살짝 시간이 지연될 수는 있다. 문 닫을 때가 아직 한참 남았는데도 많은 식료품들이 영 물이 안 좋다. 하지만 주문한 물건에 그런 식으로 대처하지 말고 그냥 받은 것으로 만족한다면 쇼핑은 흠잡을 데 없이 술술 풀릴 것이다. 스트레스는 영원히 만족할 줄 모르는 사람들, 원래의 주문을 고집하며 시장에 유연하게 대처하지 못하는 불평꾼의 전유물이다.

미래의 쇼핑을 두 번째로 맛본 곳은 대형 마트의 카페이다. 그곳에서 모든 고객님들을 '공짜 깜놀 아침식사'에 초대한다고 했기 때문이다. 첫 번째 깜놀('깜짝 놀랐다'의 줄임말로 썼다.—역주)은 가격이다. 아침식사의 가격이 무려 5유로이다. 나는 정말 사소한 일에 불평을 하는 그런 유의 인간이 아니다. 지금도 잘난 척하려는 게 아니라 그저 공짜인 물건은 5유로보다는 저렴해야 한다고 생각할 뿐이다.

물론 원칙적으로 따져 보면 아침식사는 공짜다. 그러니까 일단 5유로를 지불하고 교환권을 받았다가 프랑스 생필품 대기업의 제품을 20유로어치 이상 구입하면 나중에 계산대에서 5유로를 돌려주는 방식인 것이다. '정말 간단합니다.' 설명문에는 이렇게 쓰여 있다. 그 말에는 이의가 있을 수 없다. 다른 곳에서도 이미 많이 써먹는 방식이니까. 20유로를 지불할 마음이 있으면 총 5유로를 상환받는다. 독일 사람들은 이 방식을 유명한 명언을 통해 익히 알고 있다. "은행을 구하는 데 납세자의 돈은 한 푼도 들지 않는다."

미래의 쇼핑에 관한 나의 두 번째 깨달음은 이렇다. 나중에 돈을 내고 구매를 하는 경우에 한해서 많은 것이 공짜가 된다. 물건을 사고 돈을 냈다면 그 물건은 공짜인 것이다.

미래의 마트 출구에는 당연히 셀프서비스 계산대가 있다. 아주 잠깐이라도 셀프서비스라는 개념에 대해서는 한마디 안 할 수가 없다. 나는 이 단어 자체가 무의미하다고 생각한다. 서비스를 받든가 아니면 직접 제 손으로 하든가 둘 중 하나다. 셀프서비스는 가만히 생각해 보면 말도 안 되는 헛소리거나 아니면 무례한 짓이다. 내 글에서도, 마트 계산대에서도 나는 그 둘 다 원치 않는다.

여기서 셀프서비스란 구매한 상품을 직접 바코드를 찍고 카드로 돈을 지불한다는 의미이다. 모든 것을 오롯이 혼자서 한다. 다른 인간 서비스 장치 하나가 가만히 쳐다보기만 하다가 문제가 생기면 도와준다. 그리고 아주 많은 문제가 생긴다. 실제로 항상.

이런 방식의 계산은 숙련된 인력이 상품을 자동 이송벨트로 끌어당겨 바코드를 찍을 때보다 약 스무 배 더 오래 걸린다. 실제로는 약 1분 남짓이지만 체감상으로는 세 시간 동안 지갑을 뒤적거려 동전을 찾는 사람 뒤에 한 번이라도 서 있어 봤다면, 그 사람이 자기가 산 모든 물건을 직접 바코드를 찍어야 하는 상황이 과연 어떤 의미인지 대충 짐작할 수 있을 것이다. 기다림의 시간은 수십 년이 된다.

더구나 나는 모든 일을 내 손으로 직접 해야 하는 것이 싫다. 어차피 마트에 가는 것부터 내가 직접 가야 하고 올 때도 내가 직접 집으로 와야 한다. 그 정도 직접 했으면 정말 충분하지 않은가.

미래엔 자판기와 자판기를 지키는 인력만 남게 되는 걸까? 우리가 직접 자판기를 작동하고 이를 지켜보는 사람 외에는 모두 사라지게 되는 걸까? 이 세상에 다른 직종이 하나도 남지 않아서 우리 모두가 지키는 사람이 되는 것은 아닐까?

켈크하임에 있는 마티아스 호르크스의 미래 연구소는 이제 곧, 그러니까 2, 30년 후가 되면 모든 것을 그런 식으로 간단하게 처리할 수 있을 것이라고 주장한다. 그때가 되면 모든 생필품을 자유롭게 넣고 뺄 수 있는 진열대에서 꺼낸다. 엄지손가락으로 바코드를 찍으면 소프트웨어가 자동적으로 인식하여 기록하고, 금액을 직접 계좌에서 인출한다. 정말로 그렇게 된다면 대형 지문 범죄가 발생할지도 모르겠다. 계좌에 돈이 하나도 없으면 어떻게 될지도 불투명하다. 지문을 정지시킬까? 쇠로 만든 지문용 수갑을 엄지에 씌울까? 미래엔 가난한 사람을 엄지손가락만 보고도 알아볼까? 손가락이 여덟 개밖에 없어서? 그렇다면 부자는 엄지가 네 개가 될 수도?

* * *

출구를 나가기 직전 나는 또 다른 기계를 발견하고 그만 홀딱 반하고 말았다. 말하는 기능이 있는 음료 자판기다. 동전을 넣고 마이크로폰에 원하는 음료를 말하면 자판기 중 한 대가 바로 음료를 내준다. 나는 "Café noir double, sans sucre(더블 무설탕 블랙커피)."라고 주문한다. 자판기가 "Pardon, je ne comprends pas, réessayez, s'il vous plaît(죄송합니다만 못 알아들었습니다. 다시 한 번 말씀해 주세요)."라고 대답한다. 네 번을 반복하다가 그만 기침이 터진다. 그 즉시 자판기가 카푸치노를 뽑아 준다.

근처에 있던 단골 고객들이 우르르 달려온다. 그리고 하소연한다. 지난 몇 주 동안 카푸치노를 주문하려고 온갖 방법을 다 동원해 봤지만 지금까지 한 번도 성공하지 못했는데 내가 그쪽으로 재능이 있는 것 같으니 괜찮다면……. 나는 다른 고객들을 위해 열두 번 더 기침을 하여 카푸치노를 주문한다. 이어 젊은 숙녀분께 녹차를 드리기 위해 헛기침을 하고 할아버지의 야채수프를 주문하기 위해 히히힝 말울음 소리를 낸다.

그리고 생각한다. 이것 봐라! 내가 생각보다 더 다양하고 더 현대적인 언어를 구사하는구나. 적어도 자판기 프랑스어는 누구보다 훌륭하게 할 줄 알잖아.

메일로 보낸 소시지 빵

최근 내 평생 처음으로 내 글이 라디오 방송국 청소년 보호 위원회의 검열에 걸려 방송되지 못하는 사태가 발생했다. 나는 뿌듯하면서도 황당했다. 글의 발단은 독일 최고 여자 높이뛰기 선수의 페이스북 스캔들이었다.

소위 팬이라는 한 남성이 선수에게 자신의 사진을 보냈다. 메일로. 그녀에게 깊은 인상을 남기고 싶어서였다. 그런데 전체적인 인상이 아니었다. 그는 매우 개인적인 신체 부위만 사진으로 찍었다. 그것도 완전히 흥분한 상태로. 왜 그랬는지는 그 남자만 안다. 얼굴 사진은 너무 야하다고 생각해서 그랬을지도 모르고 마침 가지고 있는 사진이 그것밖에 없어서 그랬을 수도 있으며 부끄러워서 그랬는지도 모른다. 인간이란 참 우습다. 그 남자는 특히나 더 우스운 사람이다.

나는 내 글에서 이 신체 부위를 보통 사람들이 많이 쓰는 라틴어 용어로 불렀다. 방송사 측은 그 용어를 과도하게 난처한 등급으로 분류하였다. 나는 그럼 다르게 부르자고 제안했다. 성을 붙여 주거나 애완동물 이름을 선물해 주자고. 하지만 그렇게 하더라도 더 나아지지는 않았을 것이다. 내 카를-하인츠, 내 한스-오토, 내 피피라고 불러도 음란하기는 마찬가지일 테니까. 그러니 육체적인 것에서 완전히 멀리 떨어진 개념이어야 한다. 예를 들면 소시지 빵 같은 것으로. 그럼 될 것이다. "그가 발기한 자신의 소시지 빵 사진을 보냈다." 정말로 마음을 푹 놓을 수 있는 개념이 아닌가.

높이뛰기 선수는 그 사진과 메일이 혐오스러웠고 짜증이 났다. 게다가 그 팬이 가만히 있지도 않았다. 그녀는 견디다 못해 그 소시지 빵 주인의 이름과 주소를 자신의 페이스북에 공개해 버렸다. 엄청난 공개 토론이 뒤를 이었다. 소시지 빵의 인권을 훼손한 짓이 아닌가? 이름과 주소가 다르기라도 하면 어쩔 것인가? 또 이름과 사는 도시가 똑같은 사람이 있으면 어쩔 것인가? 소시지 빵을 혼동하기라도 했다면? 사실 발기한 소시지 빵은 다 엇비슷해서 그놈이 그놈이다. 또 딴 사람을 두들겨 팰 도덕적 권리가 자신에게 있다고 생각하는 미친놈들은 어쩔 것인가? 마땅히 맞을 짓을 했다는 논리로 말이다. 그런 자들은 어디가나 꼭 있다. 아무나 붙들고 욕을 퍼붓고는 누군가 잘했다고 어깨를 두드려 주기를 기다리는 한심한 자들. 어디서 왔는지 순식간에 나타나는 그런 족속들. 발기한 소시지 빵이 있는 곳에선 주둥이를 나불거리는 샌드위치들도 멀지 않은 법!

하지만 그건 전혀 나의 주제가 아니었다. 언제, 어떻게, 어디서,

무엇을 공개할 수 있는지 없는지는 사실 소시지 빵을 비유로 들며 토론할 수는 없는 수준의 제법 껄끄럽고 심각한 사회 문제인 것이다.

어쩌면 실수였을지도 모른다. 그냥 얼굴 사진을 찍고 싶었는데 그만 찰칵! 헷갈린 것일지도 모른다. 너무 빠르다. 요즘은 누구나 휴대전화를 손에 들고 엄청나게 사진을 찍어 댄다. 너무 빨리 너무 너무 많은 사진을 찍어 대는 것도 문제의 일부일 것이다. 요즘엔 휴대전화로 셀카를 찍는 것이 그야말로 누워서 떡 먹기다. 예전엔 자기 얼굴 사진 한 장 찍으려고 해도 굉장한 시간과 노력이 들었다. 준비 과정부터 그랬다. 어쨌든 좋은 인상을 주어야 한다. 소시지 빵이 잘 서 있어야 하는 것이다. 그 말은 조명, 흑백 균형, 올바른 각도, 배경 등등이…….

이 모든 준비 과정을 거치는 동안 사진에 찍힐 사람이 좋은 기분을 유지해야 한다. 그것 역시 스트레스다. 더구나 양손이 전혀 자유롭지가 못하다. 사실 예전엔 잘 나온 사진을 혼자서 찍을 수가 없었다. 누군가에게 부탁을 해야 했다. 그것부터가 힘들었다. 그런 친구들이 누구에게나 있는 것은 아니니까.

셀프타이머로 모든 것을 혼자서 처리했다고 치자. 달려가서 셔터를 누르고 다시 서둘러 되돌아와서 포즈를 취하고 미소를 짓고 어쩌고저쩌고……. 모든 것이 성공했다고 치자. 그래도 아직 인화의 단계가 남았다. 사진을 찾으러 가면 사진관 직원이 미리 보고 잘된 것만 고르겠냐고 묻는다. 재빨리 "아니요!"라고 부르짖어야 한다. 그가 씩 웃으며 확대를 하고 싶으냐고 물으면 그건 그가 이미 사진들을 다 봤다는 뜻이다. 사는 곳이 작은 동네라도 된다면……. 한마디로 예전에는 사진 한 번 찍기가 엄청난 고역이었다. 그러니 별로 보고 싶어 하지 않을 사람에게 굳이 사진을 보여 주겠다는 목적만으로 힘들게 우체국까지 가서 사진을 발송할 사람은 그리 많지 않았다.

하지만 요즘은 무조건 찍는다. 최근 읽은 어떤 글에서는 전 세계적으로 시간당 약 500억 장의 사진이 탄생한다고 한다. 하루 24시간 내내! 나중에 그 사진들을 다 살펴보는 사람이 과연 몇이나 될까?

그것이 나의 사회비판적 지점이었다. 방송을 타지 못했던 그 이야기에서. 사진 찍는 일이 너무 간단해졌다. 너무 많이, 너무 생각 없이 사진들을 찍는다. 그런 현실에서 발기한 소시지 빵이 메일함에 들어와 있다고 한들 뭐 그리 놀랄 일인가. 물론 올라프 톤(은퇴한 독일 축구 선수로 다른 선수들에 비해 키가 작아서 현역 시절 동료들과 사진을 찍으면 얼굴만 간신히 나왔다고 한다.—역주)의 말마따나 그런 사진적대적 근본 문제 역시 즉각 수정할 수 있는 세상이지만.

되고죽기

수요일 오후.

창가에 서서 건너편 아파트를 쳐다본다. 거기 두 집 걸러 한 집마다 창가에 사람들이 서서 우리 집을 쳐다보고 있다. 약 1분 전 우리 동네 인터넷 망이 고장 났다. 이곳에선 자주 있는 일인데, 그럴 때마다 많은 사람들이 일어나 창가로 가서 건너편 아파트의 사람들이 일어나 창밖을 내다보고 있는지 살핀다. 물론 길길이 날뛰며 전화를 해 대거나 악을 쓰는 사람, 그러다가 체념하고는 노트북을 들고 인터넷이 터지는 장소를 찾아 헤매는 사람, 괜히 애꿎은 라우터를 뺐다 꽂았다 수선을 피우는 사람도 몇몇 있다. 나도 예전에는 그랬다. 하지만 이젠 그런 짓을 하지 않는다. 인터넷 망에 문제가 생긴 것이 아니라 내 컴퓨터가 다운되거나 심각한 소프트웨어의 문제가 생겨날 때도 그러지 않는다.

최근 IT 업계에 종사하는 한 지인이 내게 설명해 주었다. 이유를 알 수 없는 갑작스러운 컴퓨터 응용 프로그램의 문제를 해결할 수

있는 가장 전도유망한 방법은 '되고죽기'라고. 여기서 되고죽기란 '되기를 고대하며 죽치고 기다리기'의 줄임말이다. 이 방법은 기술적인 문제가 발생했을 때 압도적으로 성공률이 높은 구원의 주문이다. 껍데기를 열어 이리저리 배치를 바꾸고 소프트웨어를 작동시키고 두들겨 패거나 악을 쓰고 다시 부팅을 시키는 방법보다 훨씬 성공률이 높다. 악재, 즉 '악을 쓰며 재부팅을 시키는 방법' 역시 되고죽기보다는 턱없이 부족하지만 어쨌든 성공률 2위이며, 다음으로 무작위 행동주의, 즉 아무 계획 없이 허둥지둥 공격적으로 아는 것, 모르는 것을 가리지 않고 총동원하는 방법이 그 뒤를 바짝 쫓아 3위를 기록하고 있다.

컴퓨터 세계의 바깥 세상에는 ―내 친구들 사이에도― 이런 확신이 널리 퍼져 있다. 대부분의 문제는 원래 문제를 추방시키거나 덮어 버리는 또 다른 문제가 발생했을 때 저절로 해결된다는 확신이다. 예를 들어 페터는 자동차가 긁혀 흠집이 났을 때 가장 신속하고 간단하게 해결할 수 있는 방법은 같은 부분이 찌그러지는 것이라고 주장한다. 그러니까 약간의 인내심만 있으면 절로 해결되는 문제인 셈이다.

나 역시 이 전략으로 꽤 인상적인 경험을 한 적이 있다. 아직 한창 때 침대의 다리 두 개에 금이 갔다. 다른 사람들 같으면 아마 계속 신경 쓰며 짜증을 냈을 상황이었다. 대다수가 맹목적 행동주의에 돌입하여 당장 침대 전체를 수리하려 들거나 복잡한 보수 작업을 시작하여 자신은 물론 주변 사람들까지 상당한 불안감에 빠뜨렸을 것이다. 하지만 나는 인내심을 갖고 문제가 절로 해결되기를 기다렸다. 매트리스를 바닥으로 옮기고 망가진 침대는 망가진 채로 그냥 내버려 두었다. 그랬더니 아니나 다를까! 채 일주일도 안 되어 어느 꼭두새벽에 불도 켜지 않고 매트리스를 들어 옮기다가 균형을 잃고 낮은 책장 쪽으로 넘어지는 바람에 책장을 처참할 정도로 완벽하게 부서뜨리고 말았다. 결국 문제는 두 가지로 늘어났다. 망가진 침대와 망가진 책장. 나는 책들을 망가진 다리 대신 침대 밑에 넣어 두 가지 문제를 한꺼번에 해결했다.

대신 내 잠자리가 약간 불안정해졌다. 아직 읽지 않은 책을 침대 밑에서 꺼내려면 최대한 비슷한 두께의 책을 그 자리에 넣어 주어야 했다. 덕분에 서점에서 책을 자로 일일이 재 책의 두께를 확인하는 내게 의문의 시선이 쏟아질 때가 많긴 했다. 어쨌든 최악의 선별 기준은 아니었다. 지금 내가 가장 아끼는 책 중 몇 권은 그 시절에 두께가 내 침대에 가장 적합하였기 때문에 산 것들이니까.

그러다 어느 날인가 안타깝게도 침대의 남은 두 다리마저 떼어 내면 더 많은 서가 자리를 확보할 수 있지 않을까 하는 생각이 들었다. 나는 점점 더 많은 책을 침대 다리로 활용하였고, 때문에 내 잠자리는 날로 높아져 바벨탑이 될 지경에 이르렀고, 너무 흔들거리다 보니 그 위에 누울 엄두가 나지 않았다. 마침내 침대는 책들한테 넘겨주고 나는 망가진 책장에서 잠을 잤다. "문제가 없으면 해결책을 찾을 수도 없다." 상트페테르부르크 대학 수학과의 과훈이다.

인터넷이 다시 되는 모양이다. 적어도 맞은편 아파트의 창에는 이제 아무도 없다. 아마 다들 허둥지둥 컴퓨터에게로 돌아갔을 것이다. 이제 악을 쓰고 욕을 하고 흔들고 뺐다 다시 꽂고 투덜거렸던 사람들만 보람이 있었다고 만족할 것이다. 나는 그들의 성공 체험이 부럽다.

보람 없는 별장

친구 부부가 별장을 빌렸다. 발트 해의 해변에 있는 큰 별장이다. 우리는 이제 그들과 그곳에서 휴가를 보낸다. “그래야 빌린 보람이 있으니까.” 이것이 공식적인 이유였다. 우리에게 자기들하고 그 별장에서 휴가를 보내지 않겠느냐고 물었을 때 그들은 그 말을 잊지 않고 덧붙였다. “그래야 빌린 보람이 있으니까.”

그들 가족이 혼자서 집을 빌리면 집이 썰렁하다. 인원수가 너무 적어서 왠지 해이해진 느낌이 들 것이다. 무엇이든 그래서는 안 된다. 학교에서 애들을 가르칠 때도 마찬가지이다. 너무 쉬운 문제를 내서 애들을 해이하게 만들면 안 된다. 해이해진 아이들은 의욕을 상실하고 집중력을 잃을 것이며 수다 떨고 딴짓을 하다가 언젠가부터 아예 수업을 따라가지도 않을 것이고 점점 더 나빠지다가 결국 어디를 배우는지도 잊어버리고 졸업장도 못 받고 나쁜 길로 빠져 마약을 팔고…….

그러니까 이 발트 해변의 별장으로 같이 휴가를 오게 된 이유도 결국 따지고 보면 마약 판매의 예방 차원이었던 셈이다. 가서 집을 채워야 한다. "그래야 빌린 보람이 있으니까." 거기까지 간 보람이 없을까 봐 이것저것 되는 대로 카트에 집어 담는 쇼핑처럼 말이다. 우리 집에 있는 수십 년 된 여러 종류의 차 세트도 다 그런 이유에서 집으로 오게 된 것들이다.

심지어 이 '거기까지 간 보람이 없을까 봐' 식 구매를 사업 모델의 기초로 삼는 다국적 대기업들도 있다. 맨 앞자리는 당연히 이케아Ikea의 차지다. 이케아에서는 "기왕지사 여기까지 왔는데 조금이라도 더 사 가야지" 식의 구매가 전체 매출의 약 70퍼센트에 이른다는 진지한 연구 결과도 나와 있다. 이것이 그들의 전략이다.

내가 아는 한 커플은 침대 겸용 소파를 사러 이케아에 갔다가 마음에 드는 것을 발견하지 못하자, 대신 1.75개의 침대 겸용 소파를 살 수 있을 돈으로 다른 가구와 장식품들을 잔뜩 사 가지고 집으로 돌아왔다. 그리고 여섯 달 후 드디어 이케아에서 침대 겸용 소파를 샀는데, 그 이유가 —그들의 말을 그대로 옮겨 보자면— "그냥 집 안의 다른 가구들과 제일 잘 어울려서"였다.

나의 옛날 여자친구는 내가 오다가다 발에 채어서 사귄 것뿐이라는 말로 이별을 통고했다. 원래 내 친구 중 하나랑 사귀고 싶었는데 그가 마침 사귀는 사람이 있던 참이라 그동안 나와 잠깐 사귀었던 거라고 말이다. 그러니까 나는 꿩 대신 닭이라고, 그냥 땜빵용에 불과했던 것이다. 뭐, 나 역시 '얻을 수 있는 것부터 택하라'는 식으로 살았으니 그렇게 나쁘지는 않았다. 지금 와서 생각해 보면 그렇다는 소리다. 그 시절엔 상당히 상처를 받았다. 당시만 해도 아직 세상에 대해 지금의 나처럼 생각하기가 매우 힘겨웠기 때문이다.

이 발트 해변의 휴가도 지금 와서 생각해 보면 크게 중요하지 않다. 딸도 여자친구도 친구 부부와 별장에서 휴가를 보낸다는 아이디어에 열광적인 반응을 보였고 내 의견은 물어볼 필요도 없이 다수결에서 밀렸다. 아마 내가 반대한 이유도 다수결에 밀릴 것이라는 사실을 알았기 때문일 것이다. 내 안에 숨은 약간의 반골 기질이라고 할까?

이런 온갖 공개적이거나 은밀한 즐거움에도 불구하고 여러 세대가 함께 휴가를 보내는 것은 절대로 쉬운 일이 아니다. 우리의 경우 단 두 세대, 즉 부모와 아이들뿐인데도 그 사이에는 도무지 건널 수 없는 불통의 강이 가로놓여 있다. 사흘째 되던 날 아침처럼 말이다. 부모들은 늘 피곤한 종족들이라 집에 있으면서 책을 읽거나 졸거나 여기저기서 깜박 잠이 들거나 하고 싶다. 반면 아이들은 눈곱도 떼기 전에 해변으로 가겠다고 난리다. 해변에 안 갈 거면 휴가는 왜 왔느냐는 논리다. 폭풍전야, 금방이라도 충돌의 불꽃이 튈 태세다.

나는 어른 한 명이 애들을 데리고 가면 될 것이라고 말한다. 모두들 무릎을 치며 환호성을 지른다. 그리고 내가 자진하여 아이들을 해변으로 데려가 주겠다니 너무 고맙다고 한다.

오해가 있는 것 같다. 그래서 설명을 한다. “아니, 아니, 넷 중 누가 가느냐는 제비뽑기로 결정해야지."

울리케가 짜증 섞인 눈길로 나를 쳐다보더니 쪽지 네 개를 만들어 각자의 이름을 적은 다음 대충 접어 접시에 놓고 나에게 내밀며 말한다. "이런 제비뽑기를 뭐 하러 하는지 모르겠네. 우기니까 하기는 한다만……."

종이를 하나 집는다. 내 이름이다. 나는 나의 불운을 한탄한다. 울리케가 위로랍시고 이따위 말을 발사한다. "또 모르지. 운이 좋은 건지 안 좋은 건지……."

* * *

약 30분 후 나는 네 명의 아이들과 함께 해변에 앉아 있다. 그러니까 나는 앉아 있고 아이들은 당장 물속으로 뛰어든다. 너무너무 덥다. 나도 얼른 물속으로 뛰어들고 싶지만 귀중품을 지켜야 하는 신세다. 모두가 웃고 물장구치고 신이 났다. 나만 거기 앉아 땀을 찔찔 흘린다.

한참 후 마침내 꾀를 낸다. 곧바로 실천에 옮긴다. 지갑, 휴대전화, 나머지 귀중품을 비닐봉지에 넣고 그것을 아주아주 단단히, 밀봉이 되게 꽉 묶는다. 그런 다음 아이들의 플라스틱 삽으로 약 50센티미터 정도 구멍을 파서 그 안에 비닐봉지를 던져 넣고 다시 모래로 덮은 다음 큰 손수건을 올려놓는다. 이 정도면 금고 역할을 톡톡히 할 것이다. 나도 드디어 물속으로 들어갈 수 있다. 뿌듯하다. 눈부신 지성으로 삶의 질을 향상시킨 또 하나의 멋진 사례이니까. 지성을 통한 삶의 질 향상은 내 인생의 모토이다.

물은 충격적일 만큼 차갑다. 발트 해에는 심각한 약점이 있다. 해변은 너무 덥고 물속은 너무 차갑다. 그런 데다 소금을 너무 쳤다. 발트 해를 만든 작자는 분명 사랑에 빠져 완전히 얼이 나가 있었던 게 분명하다. 아이스크림이 먹고 싶다. 그래야 내 속도 물 온도와 비슷해질 것 같다. 하지만 돈이 파묻혀 있다. 아이들이 화장실에 가고 싶다고 칭얼거린다. 화장실 쓰는 데 50센트다. 빌어먹을. 나는 슬쩍 발트 해에 오줌을 누어도 좋다고 윤허를 내린다. 물 온도도 약간 더 올라갈 테니 나쁘지 않을 거야.

나는 이를 악물고 바다로 헤엄쳐 나간다. 균형을 잃고 물에 빠지고 벌벌 떨면서도 인정하지 않을 수가 없다. 와우, 정말 신나는걸! 정말정말 환상적인걸! 고생도 많이 했지만 바다로 뛰어든 이 순간만큼은 그 모든 고생을 한 보람이 있다. 이보다 더 큰, 이보다 더 확실한 행복은 없을 거야! 난 세상만사를 잊어버린다.

시간이 얼마나 지났는지 모르겠다. 나는 다시 물 밖으로 나가 해변으로 돌아간다. 아마 시간이 상당히 지났을 것이고 나도 상당히 떠내려왔을 것이다. 손수건으로 덮어 놓은 우리의 금고를 기준으로 본다면 확실히 그러하다.

아이들이 저기 누워 스무고개를 하고 있다. 아이들에게 손수건을 봤냐고 물어보니 이쪽이 볼 게 더 많아서 손수건을 집어 들고 오른쪽으로 약 50미터를 옮겼다고 대답한다. 나는 아이들을 노려본다.

무슨 문제가 있냐고 아이들이 묻는다. 옮겨 봤자 해변이 다 똑같은 해변인데 무슨 문제가 되냐고. 나의 대답. "바로 그게 문제야."

난 원래 있었던 것으로 추정되는 곳으로 돌아가 귀중품을 파묻은 곳을 찾아 헤맨다. 가망이 없어 보이던 찰나 손수건을 깔고 누워 선탠을 하는 젊은 여자가 눈에 띈다. 하필이면 저기서! 저기가 거기라는 확신이 슬쩍 밀려든다. 그녀가 내 귀중품을 깔고 누운 것이 아닌가 걱정이 된다. 고민해 봤자 소용없다. 나는 그녀에게 가서 묻는다. "실례지만 잠시 그 아래를 파 봐도 될까요?"

나를 쳐다보는 그녀의 눈빛은 나랑 수영복을 바꿔 입자는 소리라도 들은 느낌이다. 아니, 그 말은 맞지 않다. 그녀는 훨씬 더 당혹스러운 눈빛으로 나를 쳐다본다. 꼭 내가 그 아래를 파 봐도 되겠느냐고 물어보기라도 한 것처럼.

그녀에게 사연을 털어놓는다. 정말 진심어린 호의를 표하며 그녀가 웃음을 터뜨린다. 우리는 힘을 합해 모래를 파며 즐거워한다. 나는 생각한다. 앞으로는 시장에 가서도 지금 써먹은 방법대로 해 봐야지. 하아, 그래도 귀중품은 나오지 않는다.

아이들이 해변을 돌아다니며 다른 아이들을 불러 모아 다 같이 보물 창고를 찾는다. 이제 온 해변에 땅을 파는 아이들이 우글거린다. 부모들까지 일부 동참한다. 안전 요원들이 달려온다. 무슨 일인지 묻는다. 내가 사정을 설명하자 그들이 안내 방송을 한다. 한참 떨어진 해변에서도, 심지어 해안 길에서도 귀중품 구멍을 못 찾는 얼간이를 구경하려고 수많은 사람들이 몰려온다. 모두가 땅을 파지만 소용이 없다. 묻은 장소를 도저히 못 찾는다.

친구 부부의 열한 살짜리 아들 율리안이 나를 구석으로 끌고 간다. 급하게 할 말이 있다고 한다. 그가 우물쭈물 말을 시작한다.

"그러니까 그게……. 장소를 옮기면서 손수건을 들었더니 뭔가 파묻은 자리 같아서요. 우리가 아까 파서 귀중품이 든 비닐봉지를 꺼내 들고 있었어요. 그런데 아저씨가 어찌나 놀라는지 너무 재미있어서 말씀 안 드렸어요. 그러다 아저씨가 모래를 파기 시작했는데 재미있어 보이더라고요. 그 아줌마하고 재미있게 노셨잖아요. 그래서 분위기 망치고 싶지 않아서 계속 그냥 있었는데……. 자꾸 일이 생각대로 안 돌아가서요."

나는 생각한다. '똑같은 상황을 두고도 어쩜 저렇게 표현이 다를 수가.'

우리는 몰래 짐을 꾸려 빠져나가기로 결정한다. 내일부터는 저 구석 서쪽 해변에서만 놀기로 한다.

우리가 별장으로 돌아오자 어른들이 막 나가려는 참이다.

"해변에 난리가 났다며?" 그들이 외친다. "보물찾기 같은 거야? 잘하면 우리가 찾겠는걸." 우리는 그들에게 행운을 빌어 주고 그들과 교대하여 집을 지키기로 한다.

알람 소리

목요일 새벽 4시 20분. 집에서 알람 소리가 울린다. 처음 들어 보는 알람이다. 시간 간격도 후하시다. 최소 30초 간격이다. 아니, 30초는 더 되나?

휴대전화일까? 늘 새로운 종류의 알람 소리로 나를 놀라게 하는 물건이니까 그럴 확률이 높다. 내 휴대전화가 얼마나 다양한 아이디어를 발휘해 소음을 낼 수 있는지 깜짝 놀랄 때가 한두 번이 아니다. 아마 딸이 내가 모르는 알람 소리를 검색해서 다운로드한 다음 바로 실행시켰을지도 모른다. 새벽 4시 20분에 맞춰서. 자기가 나보다 내 휴대전화를 훨씬 더 잘 다루며, 나는 이런 전화를 쓸 만한 인물이 못 되므로 하늘의 뜻에 따라 이 스마트폰은 원래 자기한테 왔어야 했다는 사실을 알리기 위한 소박한 인사로 말이다. 휴대전화는 자신의 보물이라는 것을, 나는 기껏해야 보관이나 해 주는 주제이기에 내 것을 강탈할 수도 있는 딸의 권력에 이제 그만 백기를 들 때가 되었다는 것을 알리는 인사로.

그렇지만 나의 휴대전화는 느긋한 포즈로 침대 옆에 누워 있다. 그 순간 또다시 어디에선가 지치지도 않는지 '삑삑' 소리가 난다.

여자친구의 휴대전화인가? 하지만 그것 역시 숙면을 취하시는 중인 것 같다. 그럼 알람시계? 아니다. 알람시계는 세 시간 후에 닥칠 위대한 자신의 시간을 조용하고 엄숙하게 준비 중이다.

4시 25분. 집에서 알람 소리가 울린다.

나는 소리가 나는 원인이 무엇일지 머릿속으로 더듬어 본다. 이것저것 따져보다가 한밤중에 소리를 낼 만한 기계가 우리 집 안에 얼마나 많은지 깨닫고 충격에 빠진다. 프린터기, 텔레비전, 오디오, 커피머신, 세탁기, 디지털 카메라, 토스터, 전동 칫솔(그렇다. 칫솔도 소리를 낸다), 충전기…….

4시 30분. 집에서 알람 소리가 울린다.

방마다 뛰어다니며 소리가 날 가능성이 있는 기계를 샅샅이 뒤져 살핀다. 소용이 없다. 모든 기계가 조용히 졸고 있다. 적어도 내가 그 앞에 서 있을 때는. 더구나 소리의 위치가 자꾸만 바뀌는 것 같은 느낌이 든다. 이상해. 움직이면서 소리를 내는 기계가 집안에 있었나?

여자친구가 깼다. 왜 이 시간에 집 안을 돌아다니느냐고 호통을 친다. 나 때문에 잠이 깼다고, 그건 그렇고 저 알람 소리 좀 제발 죽이면 안 되겠냐고 소리친다.

* * *

4시 40분. 여자친구와 같이 집 안을 헤매며 소리의 진원지를 찾는다. 나는 여자친구에게 제발 욕을 하지 말라고 당부한다. 소리의 위치를 찾기가 힘들뿐더러 그러다 딸이 깰 수도 있다. 그녀가 묻는다. "뭐라고?" 나는 제발 딸을 깨우지 말라고 말한다.

딸이 깬다. 그리고 묻는다. "아빠, 뭐라고 했어? 왜 안 자? 또 나 몰래 둘이서만 공포영화 봤어?" 이 세 가지 질문이 거의 동시에 단파 음향으로 쏟아져 나온다.

우리는 딸을 진정시키고 어서 가서 다시 자라고, 걱정하지 말라고 말한다. 부모가 야밤에 소리 죽여 욕을 하면서 집 안을 돌아다니는 것은 지극히 정상적인 행동이며, 다들 나이가 들면 그렇게 하니 이해하라고 말이다. 딸은 고개를 끄덕이면서도 한마디 질문을 더 던진다. "근데 뭐 태워? 아까부터 화재경보기가 계속 울리던데."

4시 50분. 뜯어낸 화재경보기를 앞에 두고 앉아 있다. 3년 전 방마다 한 개씩 설치를 했었다. 세 개의 배터리가 동시에 다 닳은 것이다. 그래서 소리가 몇 분 간격으로 계속 울리는 데다 방향도 계속 바뀔 수밖에. 물론 우리 집에 새 배터리가 있을 리 없다. 여자친구는 진심으로 축하의 인사를 전하고 다시 잠을 자러 방으로 들어간다.

놀라워라. 누군가 정말로 의미 있는 것을 발명하고 싶어 아이디어를 찾고 있다면 나는 인공지능 배터리를 적극 추천하고 싶다. 쓸데없이 엄청나게 지능적일 필요는 없다. 그저 시계를 볼 줄 알아서 가게가 문을 여는 시간을 고려하여 적절한 시간에 닳기만 하면 된다.

나는 다시 잠을 이루지 못한다. 화재경보기의 배터리를 모조리 다 떼어 낸 지금 이 순간에 마침 불이 날 수도 있다는 상상으로 마음이 이루 말할 수 없이 심란하다. 하지만 배터리를 다시 끼우면 삑삑거려 잠을 못 잘 것이다. 전형적인 제로섬 상황이다. 남은 밤을 화재경보기를 앞에 두고 앉아서 몸소 화재 지킴이가 된다. 살아 있는 화재경보기, 인간 연기 감지기가.

그 옛날 함부르크에 있었다는 화재 감시요원이 생각난다. 19세기에 함부르크 항구는 대형 화물 집하장이 있어서 관계자들이 불이 날까 봐 늘 노심초사했다. 그래서 특수 화재 감시요원을 두었다. 어디서 불이 났는지 감시만 하는 직업이었다. 특히 밤에 감시를 했다. 촛불을 켜 놓고 혹시 어디서 불빛이 보이는지 감시했다. 그런데 하필이면 이 감시요원 중 한 사람이 감시를 하다가 그만 깜빡 잠드는 바람에 촛불이 넘어져 대형 화재가 발생하고 말았다. 지금까지 전해져 내려오는 화재 전설 중 하나이다.

세계 3대 국제신용평가기관 '무디 블루스', '스탠다드', '푸어 비치'가 늘 자신들은 화재나 사고 등에 직접적인 영향이 없으며 그저 일종의 알람 경보기 같은 역할을 한다고 주장할 때면 나는 늘 그 전설을 떠올린다.

작정만 한다면 그들의 그런 주장을 교묘하게 붙들고 늘어져 신랄한 정치 · 경제적 장난질을 만들어 낼 수도 있을 것이다. 하지만 그런 식으로 문제를 너무 단순화시키고 싶지 않다. 알고 보면 우리에게 이런 가실 줄 모르는 피로를 선사하는 당사자는 결국 화재 사건 그 자체가 아니라 그것에 대한 공포와 알람 경보기의 계속되는 경보인지도 모른다.

나중에 그 이야기를 하기 위해서

리스본은 직각형 도시가 아니다. 더구나 이차원도 아니다. 절대 그렇지 않다. 심지어 내가 아는 도시 중 가장 이차원적이지 않은 도시이다. 리스본을 독일로 옮겨 놓으면 아마 중간 크기의 산들 가운데에서 무난하게 높은 자리의 순위를 거머쥘 것이다. 도시엔 일곱 개의 언덕이 있는데 전부 다 텔레비전 송신탑보다 높다. 적어도 느낌상으로는 그렇다. 그렇지 않으면 그런 인상을 풍길 수가 없다.

베를린 시내는 리스본 시내보다 면적이 열 배 정도 더 넓다. 하지만 울퉁불퉁한 리스본을 칼국수 방망이로 쭉쭉 밀어 완전히 평평하게 펴면 베를린과 비슷한 면적이 될 것이고 거기에 브란덴부르크 절반 정도가 더 추가될 것이다. 그러니까 리스본은 우그려 놓은 베를린에다가 브란덴부르크만큼의 면적을 어림짐작으로 더 끼워 넣었다고 상상하면 된다.

덕분에 리스본은 아름다운 풍경과 대도시 생활, 두 가지 모두를 향유할 수 있는 도시다. 그래서 등산을 하고는 싶지만 자연이나 동물, 좋은 공기, 온갖 귀찮은 장비보다는 사거리마다 포진한 카페와 제과점이 있었으면 좋겠다는 사람에겐 리스본이 딱 적합한 등산 코스다. 더구나 그 사거리마다 한없이 아름다운 풍경이 펼쳐져 있어 눈을 호강시킬 수도 있다.

우리가 묵은 거리의 산중턱 스낵바도 그렇게 풍경이 좋다. 가게 주인은 독일어를 잘한다. 루드비히스하펜에서 오래 살았고 거기서 전기기술자로 일했었다는 이야기를 들려준다. 그러다가 일을 접고 포르투갈로 돌아와 이 가게를 열었단다. 독일에서 전기기술자로 일했던 사람이라면 리스본의 이 낡은 집들과 전선에 통 적응이 안 될 것이라고 그는 말한다. 신경에 거슬려 참을 수가 없단다. 그 말을 하면서 그가 호탕하게 웃는다. 나는 그에게 그럼 왜 포르투갈로 돌아왔냐고 묻는다. 나를 바라보는 그의 시선은 마치 내가 그에게 여기 산중턱 인도에다 오줌을 눠 봤느냐고 물은 것 같다. 아마 다른 사람들은 다 그렇게 오줌을 눌 것이다. 그는 살짝 고개를 돌린 채 가게 앞으로 펼쳐진 리스본의 파노라마 너머로 호들갑스럽게 큰 손동작을 취하며 묻는다. "루드비히스하펜 알아요?"

나는 괜한 질문을 해서 미안하다고 사과를 한다. 그러자 그가 다시 웃으며 외친다. "농담이에요. 농담!" 그는 말한다. 루드비히스하펜은 살기 좋은 도시라고, 독일은 살기 좋은 나라라고. 하지만 막내딸이 대학에 입학하면서 독립을 하자 루드비히스하펜의 전기기술자 노릇을 그만두기로 결정했다고. 인생의 남은 3분의 1을 전기기술자로 일했던 이야기나 하면서 보내고 싶었노라고. 그러기에는 이 가게가 완벽하다고. 왜냐하면 많은 관광객들이 왜 그렇게 독일어를 잘하느냐고 물을 것이기 때문이라고. 그는 웃으며 말한다. “독일어를 잘하는 것이 무슨 대단한 능력이라도 되는 것처럼 그래요. 여기 온 독일 관광객들은 전부 독일어를 상당히 잘하는데 말이지요.”

* * *

이른 저녁, 산을 한참 더 올라간 곳에 자리한 피자 가게 주인은 오늘은 자신이 직접 서빙을 하겠다고 말한다. 웨이터는 유럽연합 예산절감 결의안에 반대하는 대규모 집회에 보냈단다. 하지만 우리는 걱정할 필요가 없다고, 그는 말한다. 그는, 그리고 그가 아는 모든 사람은 세상 일이 어떻게 돌아가든 독일 사람을 좋아한다고 말이다. 물론 ‘미시즈 메르켈’은 예외이고.

그는 껄껄 웃으며 자기가 예전에 배를 탔다고 한다. 독일 선적 배도 많이 탔고 독일 항구에도 자주 가 봤다고 한다. 좋은 시절이었다고, 그가 피자 가게를 낸 이유도 예전에 배 타던 시절의 이야기를 하기 위해서라고. 내 여자친구는 나중에 슬쩍 가게 주인이 우리 테이블에서 세 테이블 떨어진 프랑스 손님들한테 가서는 프랑스 선적 배를 많이 탔고 프랑스 항구에 자주 내렸노라고 말했다고 일러준다. 그랬구나.

나는 '피자 알레마냐', 즉 독일 피자를 시킨다. 피자 위에 무엇을 얹을지 궁금했기 때문이다. 포르투갈에서는 독일의 피자 이미지가 어떨까? 몇 해 전 대규모 베를린 관광 박람회 ITB에서 하와이 관광 협회 회장과 인터뷰했던 생각이 난다. 그는 독일에서 처음으로 하와이 피자를 주문했다가 기가 팍 죽었다고 했다. 그리고 햄, 파인애플과 더불어 너무너무 두꺼운 치즈가 얹혀 있던 그 피자가 결단코 하와이에 합당하지 않다는 이야기를 몇 번이고 반복했다. 절대로 합당하지 않다고. 나중에는 거의 울먹거렸고 인터뷰가 끝날 무렵에는 이렇게 외쳤다. "하와이에도 맥주 많거든요!" 당시 나는 그의 인터뷰에 정말로 깊은 감동을 받았다.

피자 가게 주인이 말한다. "포르투갈이 해양국이 된 건 지극히 논리적입니다. 여기 리스본에서 딱 보면 알 수 있잖아요. 리스본 사람들처럼 쉬지 않고 산과 계단을 오르내리다 보면 정말 산이고 계단이고 정나미가 딱 떨어지거든요. 그래서 바다로 간 겁니다. 물에는 계단이 없잖아요. 스페인 사람들은 황금을 캐러 바다로 갔고 영국 사람들은 식민지를 세우겠다고 바다로 나갔지만 우리 리스본 사람들이 바다로 나가는 이유는 아주 간단합니다. 그저 단 몇 주라도 계단 없이 살고 싶은 거지요." 그리고 당연히 "나중에 그 이야기를 하기 위해서"라는 이유도 덧붙인다.

드디어 나의 피자 알레마냐가 나온다. 차라리 하와이 관광협회 회장이 되고 싶은 심정이다. 너무너무 두꺼운 치즈를 곁들인 그의 파인애플 피자도 내 피자에 비하면 초가삼간 옆에 지은 으리으리한 대궐이다. 내 피자는 소시지로 뒤덮여 있다. 소시지도 얇게 저민 소시지 조각, 즉 살라미나 슬라이스 소시지가 아니다. 세상에, 그릴 소시지가 통째로 두 개나 피자 위에 얹혀 있다! 거기에다 엄청난 양의 감자와 처음엔 아티초크 고갱이인 줄 알았지만 먹어 보니 일종의 방울 양배추로 판명된 것들이 곁들여져 있다. 피자를 보고 확인한다. "독일이 저렇게 아름답구나!"

나는 생각한다. 포르투갈 사람들은 내내 독일 사람을 좋아하고 독일이 정말 멋지다고 이야기한다. 하지만 피자 알레마냐와 함께 진실이 식탁에 오르는 순간 그들의 진짜, 정직한 의견이 가감 없이 드러난다. 그런데 달리 생각하면 저 피자가 과연 합당한가? 예전의 독일은 무자비하고 질긴 고기 조각이기를 원했지만 요즘엔 민첩하고 섬세하게 조리한 지능적인 크림 요리, 아니면 적어도 잘 정제된 스페셜 커피 정도는 되고 싶어 한다. 그런데도 독일은 여전히 소시지와 감자, 양배추이고 앞으로도 내내 그럴 것이다. 나는 현실을 받아들이고 내 피자를 인정하기로 결심한다. 식탁에 오른 민족 정체성을 먹을 것이다. 나는 그렇게 교육받았다.

그런데 웬걸! 놀랍게도 독일의 맛은 환상적이다. 정말로 맛있다. 구운 소시지와 감자와 방울 양배추, 내가 먹어 본 피자 중에서 최고이다. 아, 그러니까 적어도 포르투갈에서는. 자신의 나라를 제대로 알고 존중하려면 여행을 해야 한다는 말이 맞을지도 모르겠다. 여자친구가 시킨 피자 포르투갈은 그릴 생선과 구운 감자로 장식되어 있다. 역시나 맛있다. 베를린에서도 피자 노이쾰른이나 피자 모아비트를 팔아 보는 건 어떨까 싶다(노이쾰른, 모아비트 모두 베를린에 있는 지역명이다.—역주).

포르투갈 사람들은 워낙 기름진 음식을 좋아하고 생선을 너무 많이 먹기는 하지만 근본적으로 매우 호감 가는 민족이다. 무슨 일이든 오직 "나중에 그 이야기를 하기 위해서" 하는 것은 내가 지금껏 들어 본 인생의 의미 중에서 가장 명확한 이유이다. 계단이 너무 지겨운 나머지 계단을 버리고 다른 세상을 탐험한다면……, 그로부터 완벽한 하나의 세계관을 키울 수 있을 것이다. 남을 공격하지 않고 여유 만만하며 그럼에도 호기심과 즐거움을 잃지 않는 그들의 세계관. 내 마음에도 쏙 드는 세계관이다.

지붕 위의 비둘기

우리 동네 채소 가게 주인은 불가리아 사람이다. 물론 그 사실에 대해 무슨 반감이 있는 것은 절대 아니다. 문제는 얼마 전 그가 내가 무슨 일을 하는 사람인지 알아내고는 나한테 직접 이렇게 말했다는 데 있다. "텔레비전에서 손님을 봤어요. 정치 풍자 코미디 방송에서요."

나는 고개를 끄덕였지만 감히 재미있었냐고 물을 엄두를 내지 못한다. 그런데 그는 묻지 않아도 알아서 대답을 한다. "보다가 잠들었어요. 어머니는 정말 재미있었다고 하시더라고요."

가게에 서 있던 그의 어머니가 내게 손인사를 보내며 웃는다. 나도 손짓으로 화답한다. 칭찬을 들으니 기분은 좋지만 그의 어머니가 독일어라면 한마디도 알아듣거나 말하지 못한다는 사실을 알기에 뒷맛은 개운치 않다. 대신 아들이 말한다.

"텔레비전에서 말씀 잘하시던데요. 늘 강조하지만 중요한 건 일이 있다는 거예요."

나는 고개를 끄덕이며 심각한 표정으로 미소를 짓는다. 그가 내 반응에 만족한 것 같다. 하지만 내가 야채가 든 비닐봉지를 집으려는 찰나 그가 갑자기 봉지를 낚아채더니 그걸 꽉 쥐고 내 눈을 쳐다보며 말한다. "'지붕 위의 비둘기보다 손 안의 참새'라는 속담 알아요?"

"네? 아, 네. 당연히 알죠."

"그게 무슨 뜻인지도 알아요?"

"물론이죠. 영원히 꿈으로 남아 있을 이루지 못할 헛꿈일랑 아예 꾸지를 말고 가진 것에 만족하라는 뜻이지요."

"바로 그거예요. 그런데 그게 멍청한 짓이죠."

"네?"

"헛꿈은 무슨 헛꿈이에요? 지붕 위의 비둘기라면서. 있어 봤자 똥만 싸 대지."

"그러니까 내 손 안의 참새가 더 낫다는 거지요."

"맞아요. 하지만 비둘기가 날아갈까 봐 겁이 나서 그러지요. 똥 때문이 아니라."

"아니, 그건 그냥 비유로 쓴 거고요."

"나쁜 비유예요. 속담에서도 지붕이 새똥 천지가 되는 걸 바라는 민족에게 어떻게 유럽의 다른 나라들이 지휘권을 맡기고 싶겠어요? 그러니까 다른 국민들이 '미시즈 메르켈'을 안 좋아하는 거라고요."

"속담 때문에요?"

"당연하죠. 독일엔 또 이런 속담도 있잖아요. '시간 엄수는 왕의 예절이다.'"

"네……. 그런 속담이 있지요."

"그게 뭡니까? 왜 왕이 예절을 지켜요? 왕인데. 누가 아침꾼 왕을 바란답니까? 불가리아에는 이런 속담이 있지요. '시간을 항상 잘 지키는 사람은 아무도 기다려 주지 않는다.' 이 얼마나 쿨한 속담이에요?"

"그러니까 한 번 더 확인하는 차원에서, 정말로 앙겔라 메르켈 총리가 다른 나라에서 인기가 없는 이유가 독일 속담 때문이라고 생각하시는 거예요?"

"꼭 그 이유만은 아니겠지만 어쨌든 신뢰가 안 가잖아요. 똥 싸대는 지붕 위의 비둘기라니. 정치 풍자를 하시려면 그런 걸 소재로 삼으셔야 해요."

"앙겔라 메르켈과 지붕 위의 비둘기요?

"불가리아였다면 엄청나게 성공했을 텐데. 정보 하나 더 드리죠. 자주 가시는 단골 치과 의사가 어떤 노선을 좋아하는지 아세요?"

"네?"

"노선이요!"

"앙겔라 메르켈의 노선이요?"

"아니, 다른 노선이요."

"앙겔라 메르켈의 다른 노선이 뭘까요?"

"앙겔라 메르켈은 잊어버리라니까요. 치과 의사들은 《그레이의 50가지 그림자Fifty Shades of Grey》 같은 걸 좋아해요. 베스트셀러였던 에로 소설 말이에요."

"《그레이의 50가지 그림자》를 읽으세요?"

"내가 아니고, 우리 엄마가요."

"불가리아어로?"

"그럼 뭐로 읽겠어요? 각국 언어로 다 번역이 되었는데. 그런 게 정말로 성공한 책이에요. 근데 왜 손님 책은 불가리아어로 번역이 안 됐어요?"

"경제적 검열 때문이죠."

"네?"

"아, 아니에요."

"좋아요. 손님 치과 의사가 《그레이의 50가지 그림자》를 좋아하는데 손님이 그 사실을 이미 알고 있어요. 지금 그가 손님 입안을 검사하고 있어요. 그가 그 전에 그 손으로 뭘 했을까요? 그걸 알고도 아무렇지 않을까요? 뭐 대충 그런 내용으로 코미디를 짜는 거죠."

"흠……. 근데 이제 그만 야채 가지고 가도 되나요?"

"앙겔라 메르켈하고 에로를 넣지 않으면 절대 정치 풍자로 성공하지 못할 거예요."

* * *

방식은 삐딱하지만 그의 말이 맞을 수도 있다는 생각이 든다. 나는 우리 동네 야채 가게 주인을 좋아한다. 거기 가면 과일과 야채를 그냥 살 수가 없다. 심각한 대화를 거쳐 힘들게 노력해야 겨우 살 수 있다. 그가 마침내 내 비닐봉지를 놓아주는 순간엔 정말로 날아갈 듯 기쁘다. 그사이 그 역시 나에 대한 깨달음을 하나 더 얻는다.

"인간은 우스워요. 아시죠?"

"물론 알지요."

"이런 속담 아세요? '제일 멍청한 농부가 제일 뚱뚱한 감자를 캔다.'"

"물론 압니다."

"좋은 속담이죠. 자, 이제 제가 '날씬해지고 싶으시면 작은 감자를 사세요'라고 충고를 드리면 손님은 어떤 표정이 될까요?"

나는 멈칫한다.

"그러니까 지금까지 한 이야기는 결국 나더러 작은 감자 몇 알을 더 사라는 말이 하고 싶어서 그랬던 거네요?"

그가 만족한 표정으로 내 비닐봉지를 놓고 옆으로 돌아선다.

"1킬로? 아님 2킬로?"

3킬로를 산다. 타 문화와의 만남과 충돌은 항상 값지다는 것을 입증하기 위해서다. 그들의 속담과 선호, 판매 전략, 그 모든 것과의 만남과 충돌에는 항상 소득이 있다. 생각보다 훨씬 많이 놀라게 되니까.

산, 산, 산

니더작센(독일 북부에 있는 주. 독일은 주로 북부가 평지, 남부가 산지로 이뤄져 있다.—역주)에서 태어나 자란 사람이라면 오다가다 만난 가장 매력적인 풍경으로 단연코 산을 꼽을 것이다. 매우 이상한 일이다. 그중에서도 특히 '높은 산'만 찾는 이들은 진짜로 이상야릇하다. 그들의 특별한 관심 범주에 들어 있는 '정말로 높은 산'은 일반 관객은 상대도 하지 않는다. 평소 산을 잘 타는 사람들 사이에서도 그건 일종의 페티시즘fetishism이다. 실제로 어쩌다 잘못해서 그런 '정말로 높은 산'에 발을 들이게 되면 꼭 그런 기분이 든다. 아차, 싶은 실수로 거대한 야외 섹스 스튜디오에 발을 들이게 된 사람의 기분이랄까. 정말로 눈 깜짝할 순간이다. 자기도 모르는 사이 순식간에 들어가게 된다.

장비부터가 섹스 스튜디오와 상당히 유사하다. 밧줄, 체인, 뾰족 막대기, 채찍에다 알록달록한 기능성 의류는 말할 것도 없고 축 늘어진 끈과 새끼줄은 얄궂은 수갑 놀이로 유혹한다. 그것들이 리프트에 휘말려 들어가 그 기능성 의류에 매달린 등산객의 아드레날린 지수와 혈압이 무한정 치솟지만 않는다면 말이다. 주인을 잃고서 리프트 의자에 구깃구깃 구겨진 채 덜커덩거리며 산을 넘는 저 수많은 배낭이나 바람막이 재킷은 잊을 수 없는 공포의 순간을 상기시킨다. 저 따분한 산으로 다시 질질 끌려가기 직전의 결정적 순간에 시뻘게진 얼굴과 놀라 휘둥그레진 눈으로 리프트에 휘말려 들어간 옷으로부터 탈출할 수 있었던 그 절묘의 순간 말이다.

처음으로 가르미슈파르텐키르헨(독일 남부 바이에른 주에 있는 작은 도시. 독일에서 가장 높은 산인 추크슈피체 산기슭에 위치한다.—역주)에 갔을 땐 어쨌거나 그 산들에 감동을 먹었던 것이 사실이다. 도저히 그냥 묵과할 수 없을 정도로 무지막지하게 큰 산들이었다. 산, 산, 산, 온통 산밖에 없는 탓에 풍경이랄 것이 없었다. 게다가 그것들은 막강한 힘을 발휘한다, 그 산들은. 공포를 불러일으킬 정도로 무시무시한 힘을 발휘한다. 다음 날 아침 눈을 뜨자마자 정말로 내 안에서 이런 목소리가 울부짖었다. "올라가야 해. 올라가! 산으로, 올라가야 해. 올라가, 올라가, 올라가!"

* * *

그래서 나는 올라갔다. 근처의 산으로. 숙소를 나서자마자 바로 시작된 산은 순식간에 믿을 수 없을 정도로 가팔라졌다. 어찌나 가

팔랐던지 곧바로 이런 생각이 들었다. '우와, 쓸데없이 가파르네, 산이.' 마음의 목소리 역시 실제로 산과 접촉하자 의견을 바꾸었다. 이제 "올라가"라고 외치는 대신에 이렇게 말했다. "바보, 바보, 멍청이, 바보야. 여기는 왜 왔니? 이 멍청아."

나는 그 순간 왜 북부 독일에서 등산 프로그램들이 제대로 정착하지 못했는지 알 것 같았다. 한마디로 의미가 없다. 이따위 산을 오른다는 행위 자체가 말이다. 등산은 피곤만 가중시킬 뿐이다. 정말로 그럴까? 북부 독일에서 태어나 자란 사람들은 한 번쯤 고민해 보길 권유한다. 피곤은 산이 없어도 느낄 수 있다. 산과 아무 상관이 없다. 그건 그저 자제력과 의지력의 문제일 뿐이다.

시뻘게진 얼굴로 땀에 푹 절어 한 덩어리 다진 고기의 자제력과 기품을 탑재한 채 햇볕을 쨍쨍 받으며 약 두 시간 동안 걸은 후 잠시 쉬고 있을 때였다. 중년임에도 아직 건장한 바이에른 산 사람이 빛의 속도로 나를 휙 스쳐 올라갔다. 내 곁을 지나기 직전 그가 나한테 말을 걸었다.

"호르쉬하히우아후아버고호아미호아마!"

지금까지도 나는 그가 무슨 말을 했는지 모른다. 하지만 좋은 뜻으로 한 말 같아서 이렇게 대답했다. "맞습니다. 하지만 정말 높군요, 이 산은. 정말 높아요! 이 정도로 높을 거라고는 예상 못 했거든요. 더구나 엄청 가파르고요."

그 즉시 그가 친절하게도 잘 알아들을 수 있는 표준어로 이렇게 대꾸했다. "그럼 비수기 때 한 번 더 오셔야겠군요. 10월 말에요. 프로이센 주간인데 그때는 산을 절반만 오르거든요."

흥미로운 정보였다. 진즉에 그런 말을 누가 해 줬으면 좋았을걸. 나는 당장 돌아섰고, 그를 통해 산의 높이는 딱 절반이 되었다.

현대극

쾰른 중앙역. 축구팬들이 우글거린다. 방금 전 정말 충격적으로 쾰른이 3대 2로 바이에른 뮌헨에게 승리를 거두었다. 그리고 지금 양쪽 팬들이 역에서 만났다. 그 한가운데에 내가 끼어 있다.

내가 서 있는 곳은 8번과 9번 선로 중간의 승강장이다. 도르트문트로 가기 위해서다. 내 오른쪽은 6번과 7번 선로 중간의 승강장으로 수많은 바이에른 팬들이 뮌헨으로 가는 고속열차를 타려고 기다리는 중이다. 왼쪽은 10번과 11번 선로 중간의 승강장으로 FC 쾰른 팬들 한 무리가 지거란트 방향의 근거리 열차를 타려고 기다리는 중이다. 시간을 때우기 위해 팬들은 각자의 응원가를 부르짖는다. 그 울부짖음의 한가운데 내가 서 있다.

특이하지만 예상 외로 재미있는 형태의 오락이다. 승리에 취한 쾰른 팬들이 노래한다. "바이에른의 가죽 바지를 벗겨라. 가죽 바지를 벗겨라……." 패배한 바이에른 팬들이 현장 감각 충만한 응원가로 응답한다. "너네는 전철을 못 만들지, 너네는 전철을 못 만들지…….”

잠깐 설명하자면 나의 이 쾰른 중앙역 경험담은 꽤 오래전의 일이다. 게임 결과만 보더라도 다들 짐작했을 것이다. 당시 쾰른 팬들이 앞으로 다가올 미래를 예상하였더라면, 그러니까 그것이 그날 이후 상당한 시간에 이르기까지 쾰른이 바이에른 뮌헨을 상대로 거둔 최후의 승리라는 사실을 알았더라면 아마 훨씬 더 크게, 크게 고함을 질렀을 것이다. 설명 끝.

내 인생의 제일 귀여운 응원가 중 하나는 하벨제 경기장에서 들어 보았다. 하벨제가 FC 뉘른베르크를 상대로 싸운 무슨무슨 우승배 경기였다. “너네는 텔레비전에서 볼 때보다 훨씬 더 작네. 훨씬 더 뚱뚱하네. 훨씬 더 뚱뚱하네. 너네는 훨씬 더 뚱뚱하기도 하네.”

당시 뉘른베르크 선수들은 어찌나 당황했던지 그만 게임에서 지고 말았다.

스페인의 산세바스티안에서 열린 한 우승배 경기에선 상대 팀 선수가 페널티킥을 찰 때마다 팬들이 어디로 공을 쏘아야 할지 큰 소리로 가르쳐 주었다. “왼쪽 아래!”, “오른쪽 위!”, “가운데 위!” 당연히 스페인어로 말이다. 그 결과 상대 팀 FC 세비야 선수들은 다섯 골 중 네 골을 엉뚱한 곳으로 찼다.

쾰른 팬들이 ‘전철을 못 만들지’ 응원가의 멜로디에 클래식한 가사를 붙인다. “너네는 집에 갈 수 있어. 집에 갈 수 있어…….”

바이에른 팬들이 대답한다. “너네는 여기서 못 가. 맞아. 너네는 여기서 못 가."

연극도 이렇게 상연할 수 있을 것 같다. 그러니까 관객을 가운데 승강장에 세워 두고 오른쪽과 왼쪽에서 배우들이 관객들을 향해 대사를 부르짖는 거다. 정치 토론도 이렇게 하면 재미있지 않을까? 유권자를 사이에 두고 양쪽에서 각 정당들이 자신의 공약을 외치는 거다. 축구 응원가처럼. 그럼 정말로 설득력이 있을 것 같다.

최근 카셀에서 빌레펠트로 가는 근거리 열차를 탄 적이 있었다. 마침 부르크하우젠에서 원정경기를 치른 아르미니아 빌레펠트의 팬 약 백 명이 기차에 타고 있었다. 그런데 기차에서 술을 마시지 못하도록 자기들끼리 엄격하게 약속을 한 탓인지 거의 두 시간이나 되는 긴 시간 동안 끝까지, 정말로 따분하기 그지없는 멜로디로 이런 노래를 불렀다. "근거리 열차에서는 금주, 근거리 열차에서는 금주……." 단 한 번도 중단하지 않고 112분 내내 말이다. 지금도 나는 가끔씩 이 노래를 듣는 꿈을 꾸다가 벌떡 일어난다. 그날 이후 나는 근거리 열차 내 금주 정책에 단호하게 반대하는 사람이 되었다.

이제 쾰른 팬들은 거의 알아들을 수 없는 노래를 부르는 중이다. 대충 추측해 보면 가사의 내용은 바이에른 팬들의 부모들은 다리가 네 개이거나 근친상간이거나 둘 다라는 뜻인 듯했다.

이 노래에 자극을 받은 바이에른 펜들이 기차에 오르기 직전 대담한 논리로 응답한다. "너희들 성당은 호모야!"

지거란트에서 온 쾰른 팬들이 상대적으로 쿨하고 재치 있게 응답한다. “그래서 어쩌라고?”

그 후 뮌헨행 기차가 출발한다. 쾰른 팬들이 그 뒤꽁무니를 향해 마지못해 환호성을 지르다가 자기들만 승강장에 남게 되자 약간 슬픈 표정으로 어찌할 바를 모른 채 사방을 두리번거린다. 오늘 자기들한테 진 누군가가 아직 어딘가에 숨어 있기라도 한 듯. 그러나 그런 것 같지는 않다.

4
재능과 현실

"넌 내일도 여전히 여기 있겠지. 하지만 네 꿈은 없을지도 몰라."

캣 스티븐스Cat Stevens. 그날 밤 훨씬 더 늦은 시각.

오디오 말고는 아무도 말을 하지 않던 시각.

바이킹 자격증

로스토크에 여기 말고 더 큰 크리스마스 시장이 있는 건 아닌지 의심스럽다. 아마 그런 것 같다. 바이킹 크리스마스 시장은 정말 작아도 너무 작다. 일곱 개의 가판대 중에서 세 개만 문을 열었다. 거기에 일종의 바이킹 이벤트 구역을 운영 중인 진짜 바이킹 가게 한 곳이 겨우 더 추가된다. 그러니까 이 대형 백화점 바로 앞 코딱지만 한 장터에 펼쳐 놓은 고작 몇 개의 가판대로 바이킹의 전통 크리스마스를 보여 주시겠다는 건가?

뭐, 좋다. 크리스마스는 예수 그리스도의 생일이라는 사실을 생각한다면, 나아가 바이킹이 번영하던 시절이 언제였고, 그들이 어떤 신들을 믿었는지 생각한다면 전통 바이킹 크리스마스 같은 것이 있다는 상상 자체가 전체적으로 놀랍기 그지없다. 그래, 이런들 어떠하며 저런들 어떠하리.

살짝 산타 할아버지 분장까지 한 바이킹 남자가 다가와 바이킹 자격증을 따고 싶지 않느냐고 묻는다. 자격증은 시험에 합격하면 주는데, 그것이야말로 진짜 바이킹이라는 증거란다. 게다가 합격하면 〈꼬마 바이킹 비키〉 최신 애니메이션을 관람할 때 동반 1인에 한해 할인용 쿠폰을 준단다. 하지만 알고 보니 쿠폰은 극장표를 할인해 주는 것이 아니라 비키 메뉴를 살 때 쓰는 쿠폰이다. 비키 메뉴는 청량음료 한 잔, 바이킹 나초, 그리고 ―그 바이킹 남자의 말을 그대로 옮겨 보면― '있다면 자유롭게 선택할 수 있는' 작은 선물로 구성되어 있다.

나는 생각한다. 부뚜막의 소금도 집어넣어야 짜다 했겠다! 뭐든 덤벼들어 해 봐야 기쁨도 누리는 법. 자기 관으로 쓸 나무를 미리 심을 필요가 어디 있겠는가.

시험은 3단계의 진짜 바이킹 문제이다. 1단계는 깡통 맞히기다. 이런! 바이킹에 대해 몰랐던 사실을 또 하나 알게 되는군. 바이킹들이 깡통 맞히기를 즐겨 했을 줄 누가 상상이나 했을까? 실제로 나는 당시에 과연 깡통이 있었는지조차 확신할 수 없는 나의 지식 수준을 부끄러움을 무릅쓰고 고백하지 않을 수 없다. 어쨌든 깡통에는 고라니 그림이 그려져 있다. 아마 타협안일 것이다. 당시의 바이킹들은 고라니를 층층이 쌓아 놓고 맞히기 내기를 했을지도 모른다.

안타깝게도 나의 두툼한 겨울 외투가 상당한 핸디캡이 된다. 첫 번째 시도는 완벽하게 고라니를 비켜 간다. 바이킹 남자가 피곤하다는 듯 나를 쳐다보며 말한다. "합격!"

나는 아직 공이 두 개나 더 남아 있다고 지적한다.

그가 고개를 젓는다. "상관없어요. 합격했는데, 뭐."

두 번째 문제는 바이킹에 대한 지식을 묻는 문제로, 3지선다형 객관식이다. 첫 번째 질문. "바이킹은 어디서 왔을까요?" 고를 수 있는 답. 1번 스칸디나비아, 2번 아프리카, 3번 푀르섬의 비크 마을. 어떻게든 독창적으로 행동하고 싶다는 비극적인 강박관념 탓에 나는 이렇게 대답한다. "라이니켄 마을." 정답은 라이니켄 마을이다. 그가 말한다. "딩동댕!" 곧바로 우리는 두 번째 문제로 넘어간다. "바이킹이 마시던 음료는?" '버블티'라는 나의 추측은 마지막 문제 "바이킹이 타고 다니던 배 이름은?"에 대한 나의 대답 "메이플라워 호"와 마찬가지로 놀랍게도 정답으로 처리된다. 이런, 바이킹에 관한 나의 지식이 생각했던 것보다 훨씬 뛰어난걸!

이제 마지막 3단계만 남았다. 그것만 통과하면 나는 진짜 바이킹이라는 인증서를 받을 수 있다. 택시 기사 자격증 이후, 그러니까 20년간 내가 받은 최고의 자격증이 될 것이다. 그에 걸맞게 의욕도 하늘을 찌른다.

나는 훈련장에서 약 1.5미터 높이의 흔들거리는 인형들을 번갈아 가며 나무칼로 베고 머리에 쓴 유쾌한 바이킹 투구로 들이받아야 한다. 그것도 바이킹 남자가 내 어깨에 걸쳐 준 우스꽝스럽게 생긴 두툼하고 무거운 바이킹 가죽을 뒤집어쓴 채 말이다. 쉽지 않다. 길도 얼어 있다. 고의로 물을 뿌려 얼려 놓은 것만 같다. 나는 조심조심 인형들을 향해 걸어가 나무칼로 슬쩍 찌른 다음 자격증을 받으러 남자에게로 향한다. 그가 말한다. "불합격. 너무 느려요."

나는 그의 말을 얼른 알아듣지 못한다. "네? 자격증을 못 받는다고요?"

"안 돼요. 너무 느려요. 한 번 더 하실래요?"

나는 바이킹 자격증 없이는 절대 집에 가지 않겠노라 다짐한다. 두 번째 시도에서는 세 번, 네 번 미끄러졌지만 그 밖에는 민첩하게 달려간다. 남자가 고개를 젓는다. "불합격. 인형이 적어도 30도는 기울어야 해요."

나는 심기일전하여 한 번 더 시도한다. 그사이 사람들이 슬슬 모여든다. 세 번째 시도에서는 칼을 내리칠 때 "얍!"이라고 안 해서 떨어지고 네 번째에서는 세 번 이상 넘어져서 떨어진다. 일곱 번째, 여덟 번째 시도 때는 정말로 많은 인파가 훈련장을 에워싼다. 그들이 나를 열렬히 응원한다. 나는 진짜 바이킹 사우나에 들어간 것처럼 땀을 찔찔 흘리며 달려가 무의미하게 인형을 내리친다. 그러다 열두 번째인가 열다섯 번째인가 시도했을 때 남자가 갑자기 외친다. "합격! 축하합니다!"

모두가 기뻐하며 박수를 치고는 바이킹 시장 곳곳으로 흩어진다.

내가 옷을 벗고 자격증 증서를 받을 때 바이킹 남자가 말한다. "이 코딱지만 한 시장에서 사람을 끌어모으는 일이 정말로 쉽지가 않아요. 특히 세 번째 단계에서 잘해 줄 사람을 찾아야 해요. 이 한심한 바이킹 옷을 입고 바보처럼 바이킹 인형을 향해 칼을 휘두를 사람이 필요하지요. 그래야 사람들이 모여들거든요. 한 사람을 정말 바보로 만들어야 해요. 원칙적으로는 요즘 유행하는 오디션 프로하고 비슷하지만, 품격이 좀 떨어지는 거죠. 그런데 선생을 보는 순간 딱 감이 왔어요. 바로 이 사람이다!"

나는 생각한다. 뭐 그럼 어때서? 덕분에 바이킹 자격증을 땄는걸. 이거야말로 진짜 내 힘으로 끝마친 교육 과정인걸. 내 박사 학위보다 훨씬 더 정직하게 딴 자격증인걸.

행운의 술꾼들

크로이츠베르크의 마르하이네케 광장 분수 앞. 매일 그곳에 모여 술을 마시는 고정 멤버들이 있다. 그들 곁에는 요란하게 꾸민 커다란 플래카드가 붙어 있는데 거기에는 7개국 언어—영어, 프랑스어, 스페인어, 일본어, 러시아어, 중국어, 독일어—로 이렇게 쓰여 있다. "평상복 차림의 전통적인 구 베를린 술꾼들이 전통적으로 내려오는 베를린의 풍습을 이어 가고 있습니다. 그 전통의 이름은 공개 음주! 전해 오는 전설에 따르면 이 전통 술꾼들에게 술을 한 잔 사주면 큰 복을 받는다는군요."

술꾼 중 하나가 내게 이 플래카드를 내건 후엔 도저히 술을 다 마시지를 못하겠다고 털어놓는다. 사람들이 그만큼 많은 술을 사 준다는 것이다. 박스째 집으로 가져가서 주말에 특근을 하면서 마셔야 할 정도란다. 하지만 관광객들에겐 복이 필요하니 누군가 그 복을 불러 줄 술을 마셔야 한다. 그렇지 않으면 이 시스템이 돌아가지 않는다. 그냥 사기 행각이 되어 버릴 테니까.

그들은 절대 그런 사기꾼들이 아니라 진짜 행운의 술꾼들이다. 따라서 이건 명예가 걸린 문제다. 기부받은 술을 안 마셨는데 얼마 후 그 술을 기부한 사람이 운이 없어 큰 사고를 당했다는 사실을 알게 되었다고 가정해 보자. 절대로 자신을 용서할 수 없을 것이고 자제력을 상실하여 술을 마셔 댈 수밖에 없을 것이다. 지금보다 더 많이 마셔 댈 거라는 얘기다. 그러다 몇 배 더 심각한 알코올 중독자가 될 것이다. 미국에서 수명보다 몇 배나 더 많은 형량을 죄인에게 선고하는 것처럼 말이다. 하지만 기부받은 술을 양심껏 다 마셨다면 그 불운한 사건이 얼마나 불행하건 내 탓이라고 생각하지는 않을 것이다.

어떤 행위건 그 행위를 실천할 때에는 그 행위에 대한 존중과 진정성이 필요하다. 그것이 설사 술을 마시는 행위일지라도, 아니 술을 마시는 행위인 만큼 더욱 더 그러하다. 거짓 위에 세워진 존재는 그 자체가 거짓이 된다. 그 사실을 깨닫지 못한 사람이라면 행운의 술 마시기는 절대로 시작하지 말아야 할 것이다.

* * *

하지만 지금처럼 술이 물밀듯이 들어온다면 아마 수요를 쫓아가기 위해 추가로 동유럽에서 저임금으로 술꾼을 고용해야 할지도 모르겠다. 아니면 이 사업 모델을 확장하여 베를린의 다른 광장이나 다른 도시로도 전통적인 행운의 술꾼들을 파견할 수 있을 것이다. 나아가 가능하다면 스타벅스나 맥도날드처럼 전 세계로 체인점을 낼 수도 있을 것이다.

마르하이네케 광장에서 만난 행운의 술꾼, 곧 도심 한가운데서 본 한 조각의 찬란한 미래.

지각에 대한 독창적인 변명

목요일 오후. 카페에 앉아 홀거의 말에 귀를 기울인다. 그는 약속 시간보다 한 시간 이상 늦게 왔다. 그런데 그게 나쁘지 않다. 홀거는 약속 시간에 늦어도 내가 즐거운 마음을 가질 수 있는 이 세상 유일한 상대다. 그의 변명을 내가 무척 아끼기 때문이다. 언젠가 홀거가 약속 시간에 딱 맞춰 나타나서 그의 그 재미난 변명을 듣지 못하게 된다면 무척 아쉬울 것이다.

다행히 홀거는 엄청 늦었고 지금 막 신이 나서 뻥을 있는 대로 치고 있다.

"전철을 탔거든. 늦어 봤자 아주 조금 늦겠다, 아니 거의 약속 시간에 맞추겠다, 그런 생각을 하던 찰나 갑자기 열차가 멈추는 거야. 어떤 사람이 유모차를 밀고 가다가 유모차 바퀴가 그만 철로에 끼인 거지. 그런데 아무리 용을 써도 빠지지를 않아. 흔들어도 보고 잡아당겨도 봤지만 도무지 꼼짝을 안 하는 거야. 그래서 결국 비용을 계산해 봤지. 어느 쪽이 더 비싸냐? 유모차냐 아니면 전철 운행을 계속 못 하는 것이냐? 기관사가 승객들에게 투표를 시켰는데 결과는 안 봐도 뻔했어. 모두가 한목소리였거든. 유모차를 깔고 지나가자! 우리가 탄 전철로. 물론 그전에 다 대피시켰지. 뭘 대피시켰냐고? 당연히 유모차지. 거기 안에 든 걸 전부 다 꺼낸 거야. 담요, 장난감, 젖병 등등. 아, 물론 아기도 꺼냈지. 그거야 두말할 필요도 없지. 그다음 승객들이 전부 다시 전철에 타고 외쳤어. '출발!' 그런데 말이야, 이 유모차가 완전 현대식 티탄 알루미늄 강철 유압식 범퍼 쿠션인 거야. 어디든 갈 수 있게, 심지어 비포장도로도 우아하게 갈 수 있게 만든 거지. 피레네 산맥이든 아마존 삼각주든 베링 해협이든 달이든 어디든 가게 말이야. 이 유모차만 있으면 세상 어디든 문제없이 갈 수가 있는 거야. 그러려고 티탄 알루미늄 강철 유압식 범퍼 쿠션을 장착한 거지. 실제로 그 모든 지역에서 테스트를 해 봤어. 산에서도 하고 빙판 위에서도 하고 열대 늪에서도 하고……. 근데 아쉽게도 테스트를 하지 않은 유일한 지역이 바로 프렌츨라우어 베르크인 거야. 내가 타고 온 전철의 철로하고 특별히 가까운 곳이지. 안타깝지만 어쩌겠어. 유모차가 그곳으로 올 거라고 어느 누가 예상했겠어? 그러니까 열차 선로가 이 티탄 알루미늄 범퍼 쿠션을 유혹하여 함정으로 끌어들이기는 했는데 오히려 그 이유로 패배하고 만 거야. 아마존 백병전 교육을 받은 유모차가 선로를 애들 장난하듯 간단히 해치워 버린 거지. 정말로 예상 불가능한 맺집을 보여 줬거든. 전철은 도저히 믿을 수가 없었지. 그래서 수차례 후진했다 다시 초스피드로 유모차를 향해 돌진했어. 그런데 아무리 해도 안 돼. 아무리 해도 망가지지 않아. 그러다가 열차와 유모차가 서로 뒤엉켜 버렸고, 열차는 빼도 박도 못하는 상태에서 후진도 못 하고 전진도 못 하면서 서 있게 된 거야. 그렇다고 다음 열차를 탈 수도 없었지. 뒤 열차가 앞 열차를 추월할 수는 없잖아. 그래서 선로 전체가 꽉 막혀 버린 거지. 어쩔 수 없이 거기서부터 걸었고 그러느라 이렇게 살짝 늦은 거야."

나는 웃는다. "살짝? 한 시간 이상 늦었어. 네가 왜 늦었는지 변명한 시간까지 합치면 한 시간 반이야. 뭐, 난 상관없어. 그래도 지금 가 봐야 해. 율리아가 기다리거든. 쌍둥이 봐 주기로 했어." 나는 웃옷을 집어 들고 카페를 나온다. 완벽한 타이밍이다. 사실 정말로 멋지고 독창적인 지각의 변명만 빼면 홀거와 이야기를 나누는 일은 꽤나 힘들다.

그는 지금 고독한 사람들을 도와주는 심리 치료사로 일한다. 그 일을 정말로 잘한다. 주로 외로움에 시달리는 사람들을 찾아가서 이야기를 나누는 일이다. 그는 정말 말하는 걸 좋아하고 정말로 많이, 빨리, 몇 시간 동안 쉬지 않고 말을 한다. 그런데 전혀 힘들어하지 않는다. 자신은 모르겠지만 그에게 말은 호흡과 다름없다. 상담 이틀째 되는 날 그는 같은 고객을 찾아가서 계속 이야기를 해 준다. 그리고 사흘째 되는 날 다시 한 번 찾아가면 대부분은 더 이상 찾아가지 않아도 된다. 그걸로 이미 그 사람들에게 충분히 도움이 되기 때문이다. 원칙적으로 그들은 여전히 외롭지만 혼자라는 사실을 갑자기 아주 편안하게, 큰 선물로 느끼게 된다. 홀거의 치료를 받고 나면 환자들은 예전보다 훨씬 더 행복하게 삶을 살아간다. 홀거의 치료 성공률은 거의 100퍼센트에 가깝다. 그런 것이 재능이다. 나는 그의 그런 재능에 감탄을 보낸다. 그야말로 취미를 직업으로 승화시킨 장본인이 아닌가.

악명 높은 지각 습관을 변명하기 위해 그가 생각해 내는 수다 역시 나는 정말 귀엽다고 생각한다. 홀거를 만나면 늘 기분이 좋아진다. 이런 목요일 오후에도 기분이 좋아진다. 설사 도시 전체의 전철 운행이 선로에 낀 유모차 때문에 정지되고 프렌츨라우어 베르크의 거의 절반을 걸을 수밖에 없어도.

하긴 그걸로 율리아네 집에 늦게 도착한 변명거리는 생긴 셈이다.

빈 샴푸통에 마요네즈를 넣는 법

월요일 오후. 율리아네 다섯 살짜리 쌍둥이를 봐 주기로 한 날이다. 롤 케이크의 뚜껑을 살짝 들어내고 안에 든 초콜릿을 파먹다가 바깥 부분의 초콜릿 벽은 남겨 두고 다시 뚜껑을 얹어서 속이 텅 빈 롤 케이크를 만들어 상자에 집어넣는 방법을 가르치는 중이다. 그렇게 하면 롤 케이크 속에 든 초콜릿을 다 먹어도 아무도 눈치채지 못한다.

애들을 볼 때 나는 항상 부모가 시간이 없어 해 주지 못하는 특별한 놀이를 함께 한다. 다음번에는 롤 케이크 안에 초콜릿 대신 무엇을 채워 넣을 수 있을지 아이들과 고민해 볼 것이다. 눈이 절로 감길 만큼 신 레몬가루나 매운 목캔디, 아니면 고약한 냄새를 풍기는 치즈조각 같은 게 어떨까? 어쩌면 아이들이 나보다 더 독창적인 아이디어를 낼지도 모른다. 그러면 소박한 민첩성 훈련—조심조심 뚜껑을 열어 초콜릿을 파먹고 다시 부드럽게 뚜껑을 그 위에 얹는다—에서 한 걸음 더 나아가 창의력을 자극하고 키우는 교육까지

시킬 수 있을 것이다. 나는 내가 상당히 괜찮은 베이비시터라고 생각한다. 더구나 수위를 적절히 조절하여 아이들에게 사고뭉치 기술까지 전수할 경우, 그렇게 우아한 방법으로 나를 자주 베이비시터로 부르지 않게끔 안전망을 구축할 수 있다.

율리아네 쌍둥이가 세 살 때였나? 나는 썩은 사과 두 개, 갈변한 바나나 한 개, 큰 플라스틱 접시와 손수건 한 장으로 큰 무리의 초파리 종족을 기를 수 있는 방법을 가르쳤다. 그로부터 1년 동안 아무도 나를 베이비시터로 부르지 않았다. 최대한 일찍부터 동물에 대한 책임감을 가르치는 것이 아동 정서 발달에 얼마나 긍정적인지 모두가 알고 있으면서도 말이다.

내 입장에서도 교육과 발달에 무한 책임을 지지 않아도 되는, 그러니까 자기 자식보다는 책임감을 덜 느끼는 아이들을 보살피는 쪽이 훨씬 부담이 덜하다. 교육학적으로 좀 더 여유를 부릴 수 있다. 사회와 부모의 행복을 반드시 염두에 둘 필요가 없는 것이다.

아이들에게 빈 샴푸 통에 마요네즈를 넣는 방법을 가르치는 것이 교육적으로 꼭 필요한 일인가를 두고 논쟁을 벌일 수는 있다. 하지만 누가 애들에게 그런 짓을 가르치겠는가? 그러자고 친구들이 있는 것이다. 쌍둥이는 매사에 대단한 민첩성과 지능, 자발성을 발휘하곤 한다. 좀 더 정확히 말하면 쌍둥이를 머리에 잡동사니만 가득 찬 특이한 인간으로 교육시킨 사람은 바로 나다.

얼마 전 아침에 쌍둥이가 전날 갖다 준 크루아상을 베어 물었다가 녀석들이 그 안에 주사기로 채워 넣은 매운 타바스코 소스 때문에 혓바닥에 불이 나는 줄 알았다. 얼굴이 시뻘게지고 눈물이 줄줄 흘렀지만 나는 상당히 뿌듯했다. 이쯤이면 더 가르칠 것이 없다. 이제 곧 하산시켜도 되겠다.

칭기즈칸이라면 어떻게 했을까?

프랑크와 마틴이 이사를 했다. 슈판다우의 멋진 아파트로. 안마당에 큰 정원이 딸린 고층 아파트인데 정원은 당연히 주민 모두가 공동으로 이용할 수 있다. 그 점이 프랑크와 마틴이 특별히 많은 점수를 준 부분이다. 하지만 그들 못지않게 이 안마당을 좋아할 이가 또 있다. 바로 두 사람이 키우는 수고양이다. 고양이 녀석에겐 슈판다우와 그 안마당이 그야말로 신천지일 것이다.

다만 한 가지 문제가 있었다. 말도 안 되게 친절한 데다 프랑크와 마틴을 이미 두 팔 벌려 환영한 아파트 주민공동체……. 이 공동체는 이미 몇 마리 수고양이를 키우고 있고, 그 녀석들을 기꺼운 마음으로 안마당에 자유롭게 풀어 놓는다. 그런데 고양이를 안마당에 풀어 놓으려면 먼저 중성화 수술을 시켜야 한다는 조건이 붙는다는 게 함정이다. 칭기즈칸으로서는 당연히 아주 마음에 들지 않을 조건이다.

고양이를 거세시켜야 한다는 사실을 알았더라면 프랑크와 마틴은 그 고양이에게 칭기즈칸이라는 이름을 붙여 주지 않았을 것이다. 하지만 그건 문제의 일부에 불과했다.

칭기즈칸과 나의 관계에는 대체로 팽팽한 긴장이 넘친다. 약 4년 전 그놈이 프랑크와 마틴의 식구가 되었을 무렵, 둘은 녀석을 혼자 집에 두기가 꺼림칙하다며 나더러 하룻밤만 고양이를 봐 달라고 부탁했다. 친구들이 극장으로 출발한 지 불과 5분 후 칭기즈칸은 어떻게 했는지 책상에 있던 고급 만년필을 3층 발코니에서 저 아래 인도로 던져 버렸다. 그러고는 내가 허둥지둥 계단을 내려가 현관에서 신발을 신고 만년필을 주워 오는 광경을 아주 평온한 얼굴로 관찰했다. 지금까지도 나는 문이 잠기던 순간 그 수고양이가 히죽 웃었을 것이라 확신한다. 닫히면 자동으로 잠기는 문이었던 것이다.

고작 10분이었다. 이웃과 그의 공구 덕분에 10분 후 문을 열고 들어갔을 때는 유혈이 낭자하며 극악무도하기 이를 데 없는 반인륜적 정복 전쟁이 이미 끝나 있었다. 프랑크와 마틴은 당연히 나를 탓했고 불쌍한 짐승을 위로하고 안쓰러워했다. 지금까지도 둘은 고양이를 나와 단 둘이 남겨 놓고 간 그날의 결정에 양심의 가책을 느낀다. 그리고 칭기즈칸은 그 양심의 가책을 철저히 이용한다. 정말로 잔혹하고 이기적인 수고양이 소시오패스의 통치를 실행하고 있는 것이다.

그날 이후 나는 프랑크와 마틴, 특히 칭기즈칸을 기피했고 만날 일이 있으면 두 친구를 우리 집으로 부르거나 제3의 장소를 택했다. 그런데 얼마 전에 어떤 고양이 심리학자가 나에게 일종의 트라우마가 있다는 사실을 발견했다. 소위 '자발적 고양이 혐오증'이라는 것이다. 그의 말대로라면 나는 고양이와 풀지 못한 갈등을 가슴에 담고 다니며, 따라서 마음의 평화를 얻으려면 먼저 그 갈등을 풀어야 한다는 것이다. 그런 일도 있고 해서 나는 슈판다우로 이사를 한 후 집들이를 하겠다는 친구들의 초대를 순순히 받아들였다. 프랑크와 마틴 역시 나와 칭기즈칸이 다시 사이좋게 지낼 수 있는 좋은 기회라며 호들갑을 떨었다.

* * *

두 사람이 나를 맞이하여 잠시 집안을 구경시킨다. 해가 잘 드는 아름다운 겨울 정원에서 수고양이가 사지를 쭉 뻗고 누워 졸고 있는 광경이 눈에 들어온다. 고양이를 방해하지 않기 위해 우리는 어둡고 작은 부엌으로 자리를 옮긴다.

내가 말한다. "그래, 칭기즈칸의 디데이는 언제야?"

마틴이 속삭인다. "쉿, 소리 낮춰. 나도 몰라."

"아하, 이해해. 깜짝 선물이군."

칭기즈칸이 집 안으로 들어와 따분한 표정을 지으며 인사치레로 세 개의 발톱을 가지고 내 종아리를 할퀸다.

프랑크가 감동을 받는다. "세상에, 예쁘기도 하지. 아직도 널 기억하나 봐."

나는 노래한다. "칭, 칭, 칭기즈칸! 하룻밤에 아이를 일곱이나 낳았다네. 헤이!"

칭기즈칸이 다른 발의 발톱으로 내 종아리를 할퀸다. 하지만 금방 흥미를 잃었는지 다시 햇볕이 드는 곳으로 돌아간다. 마틴이 내 종아리를 치료해 주며 말한다. "칭기즈칸이 자길 거세시켰다고 우리를 원망할까 봐 겁나."

"하긴, 안 그런다고 누가 장담하겠어."

"그래서 말인데. 네가 우리 대신 해 주면 좋겠어. 어차피 칭기즈칸은 널 좋아하지 않잖아. 너도 상관없고."

"뭐? 상관이 없어? 엄청난 차이가 있지. 지금까지는 저 놈이 날 미워한 게 전혀 근거가 없었다고. 하지만 그렇게 되면 놈의 증오가 합법적이 되는 거야."

"그거야 네가 칭기즈칸을 혼자 두고 나가서 그런 거잖아."

"누구 때문인데? 놈이 날 골탕 먹였다니까."

"고양이가 너보다 머리가 좋다는 말이 하고 싶은 거야?"

"머리하고는 상관없어. 잔인하고 교활하며 인정머리가 없다는 뜻이지."

마틴이 미소를 짓는다. "마음대로 생각해. 하지만 입장을 바꿔 생각해 봐. 네가 칭기즈칸이라면 어떻게 하겠어? 널 거세시키느냐, 아니면 우리, 즉 친구들한테 점수를 잃느냐 선택의 기로에 있다면?

칭기즈칸이라면 어떻게 할까?"

채 5분도 지나지 않아 나는 수고양이를 데리고 동물 병원으로 간다.

나중에 한마디라도 원망을 듣고 싶지 않아서 프랑크와 마틴은 작별 인사를 하면서 말도 안 되는 아부를 떨며 드라마를 찍어 댄다. "그러니까 호어스트, 칭기즈칸 데리고 잠시 나갔다 와. 우리 몰래 병원에 데리고 가거나 그러면 안 돼. 난 분명히 말했어. 칭기즈칸이 싫어하는 짓은 절대로 하면 안 돼." 친구는 그 말을 하면서 눈동자를 굴리고 찡긋거렸다.

병원에서 칭기즈칸에게 팔을 두 번, 배를 세 번 긁힌 후 나는 병원 대기실에 자리를 잡고 앉는다. 고맙게도 수술 과정을 지켜보지 않아도 된단다.

나는 고양이가 할퀸 상처를 치료받으며 기분이 좋아진다. 어쨌든 좋은 일을 했다. 프랑크와 마틴을 도와주었다. 정말로 난감한 상황에 처한 친구들을. 아마 그들은 내게 영원히 고마워할 것이다. 우정이란 그런 것이 아니겠는가? 서로 믿고 의지할 수 있는 것.

대기실의 작은 플라스틱 스피커가 '지지직' 소리를 내기 시작한다. '끼익끽' 듣기 싫은 소음 끝에 수술실에서 안내 방송을 한다. "에, 에……. 수고양이를 재워 달라고 데려오신 에버스 씨. 끝났습니다. 오셔서 작별의 인사를 하시지요."

엥? 이게 어떻게 된 일이지? 프랑크와 마틴한테 감사의 인사를 기대할 상황이 아닌 것 같다. 그들에게 어떻게 설명을 해야 할지 고민해야 한다. 최대한 조심하여 이렇게 말하면 어떨까? "왜 그런 경우 있잖아? 레스토랑에서 주문을 했는데 주방에서 잘못 알아듣고 완전히 다른 음식을 갖다 주는 거야. 못 먹는 음식, 싫어하는 음식을 말이야. 칭기즈칸도 오해가 있었던 것 같아. 물론 레스토랑보다는 살짝 더 중대하고 결정적인 오해이지만."

수술실에 들어가 축 늘어진 수고양이를 보니 마음이 너무 아프다. 정말 이걸 원한 건 아니었다. 내 눈가는 촉촉이 젖고 만다.

여의사가 들어온다. 나를 보더니 당장 고함을 지른다. "마리오. 또 장난쳤지? 여기 이 분이 바보처럼 울고 있는 걸 보니 장난을 친게 분명해." 그러더니 내 쪽으로 돌아선다. "걱정 마세요. 그냥 마취를 한 거예요. 데려가시면 돼요. 집에 가면 깨어날 겁니다. 예전과 똑같을 거예요. 물론 그것만 빼면……. 아시지요? 하지만 아무 말도 안 하면 아마 눈치채지 못할 겁니다. 남자들이란 금방 잊어버리거든요." 그녀가 배시시 웃는다.

나는 안도의 한숨을 내쉬며 수고양이를 품에 안는다. 그리고 칭기즈칸이 잠시 후 길거리에서 정신이 들자마자 발톱으로 내 아래팔을 할퀴고서야 진심으로 마음을 놓는다. 컨디션이 아주 좋다. 수의사의 말이 맞다. 완전히 예전 그대로다. 그럼에도 가까운 시간 안에 누구의 것이든 이런저런 물건을 거세시킬 계획이시라면 될 수 있는 대로 슈판다우에서는 하지 말라고 충고하는 바이다.

뼈한테 물어봐

"아, 정말 어딜 가나 그놈의 환경 타령이야."

올라프가 그렇게 우울해하는 모습은 정말로 보기 드문 광경이다. 명색이 그는 멋진 아나키스트다. 나는 고등학교를 졸업하고 베를린으로 왔지만 올라프는 하노버를 선택했다. 베를린에는 이미 아나키스트가 충분하지만 하노버에는 시급하다는, 단연코 진지한 이유 때문이었다. 하긴 그의 주장을 완전히 부정할 수도 없었던 것이, 교구토지 점거 농성에서부터 엑스포 반대 시위에 이르기까지 올라프는 항상 현장을 지켰다.

물론 그는 지금도 여전히 아나키스트다. 원칙적으로는 그렇다. 다만 너무 바빠 대규모 시위에 참가할 시간이 없다. 지금으로부터 약 12년 전 어떤 펑크 그룹의 공연장 바깥에서 추위에 덜덜 떨던 올라프의 머리에 갑자기 정말 대단한 아이디어가 떠올랐기 때문이다. 적어도 그 당시로서는 획기적인 아이디어였다. "난로야! 이동식이고 대여 가능한 난로."

그는 예상치 못한 끈기로 그 아이디어를 실천에 옮겼다. 지금까지도 지치지 않고, 늘상 강조하듯 완벽하게 혼자서. 은행이나 대출, 그 빌어먹을 금융 시스템의 도움을 일체 받지 않고, 친구들을 졸라 트럭을 빌리고 고객들에겐 그냥 간이 영수증을 발행하였다. 엄격한 아나키스트의 관점에서 보아도 그의 영업 방식엔 이의를 제기할 점이 전혀 없었다.

현재 올라프는 직원 열두 명을 거느린 사장님이다. 올라프의 말대로라면 이렇다. "전 직원이 상당한 임금을 받고 있지. 4대 보험, 이익배당, 공동결정권, 정규직 고용. 저임금 알바가 아니라니까." 내 판단으로도 실제 그의 회사에선 전 직원이 죽도록 일할 필요가 없다. 올라프만 제외하고. 하지만 올라프는 자기가 좋아서 일을 한다. 그는 정말 놀라울 정도로 일을 좋아한다. 그 옛날 펑크족 노릇을 할 때처럼 소기업 사장님 노릇도 철저하게 잘한다. 무엇을 하든 그는 제대로 한다. 여름이면 그의 회사는 추가로 이동용 에어컨과 소프트 아이스크림 기계까지 대여한다. 결혼은 안 했지만 대신 친구가 정말로 많다. 회사의 이윤 중 약간은 여전히 좌파 활동에 흘러들어 간다. 모든 것이 기가 막히게 잘 돌아갔다. 기후 변화가 올라프의 평화를 방해하기 전까지는. 그래서 그는 지금 나와 이 치킨집에 앉아서 욕을 해 대는 것이다. "아, 정말 어디를 가나 그놈의 환경 타령이야."

올라프에 따르면 치킨집 '미친 닭'은 하노버 전체를 통틀어 최고의 치킨그릴집이다. 하지만 어쨌거나 전문적으로 회사를 경영하는 사장인 옛 친구가 그의 말마따나 '점심식사'에 초대했을 때 내가 기대한 것은 결코 치킨집이라든가 통닭 반 마리가 아니었다. 그럼에도 올라프는 완벽하고 성실하게 손님 접대 솜씨를 발휘한다. "양배추 샐러드도 먹어. 나는 먹을 거야. 예전에는 햄 들어간 감자 샐러드를 먹었는데 요즘은 육식을 약간 줄이려고 해. 양배추 샐러드가 훨씬 건강에 좋잖아."

가게 주인에게 들어 보니 올라프는 언제나, 그러니까 10년 전부터 이 치킨 가게에서 통닭을 먹었지만 절대로 샐러드에는 손을 대지 않았다고 한다. 하지만 햄 들어간 감자 샐러드 대신 양배추 샐러드나 그린 샐러드를 같이 주문하여 손 하나 대지 않고 그대로 남기기 시작한 이후부터는 예전보다 훨씬 더 건강한 식사를 하고 있다는 자부심을 느낀다고 한다.

그 때문인지 가게 주인은 주문을 받을 때 내가 샐러드를 같이 먹을 것인지 묻는다. 평생 한 번도 받아 본 적이 없는 질문이다. 샐러드는 같이 먹을 건지 아니면 그냥 옆에 둘 것인지? 두 종류의 샐러드를 구분하여 내주자는 아이디어는 상당히 괜찮은 생각이다. 가게 문 앞에 붙어 있던 팻말은 거짓 광고가 아니다. '정직한 주방'.

* * *

올라프가 치킨을 먹다 말고 나를 슬픈 표정으로 쳐다본다. "호어스트, 나 좀 도와줘. 빌어먹을 놈의 기후 토론 때문에 우리 회사가 망하게 생겼어. 이동식 난로의 이미지가 다시 좋아지지 않으면 직원들을 해고해야 한단 말이야."

나는 깜짝 놀라 내 양배추 샐러드를 쳐다본다. 늙은 아나키스트 올라프가 나에게 4대 보험이 보장되는 일자리의 구조를 도와 달라니. 세상은 참 다채롭다. 나는 대답한다. "올라프, 그건 이미지랑 상관없어. 객관적인 사실이 그래. 이동식 난로는 환경공학적으로 볼 때 완벽한 재앙이야."

그가 벌컥 화를 낸다. "재앙! 재앙! 목이 마른데 맥주밖에 없어. 그걸 보고 재앙이라네. 이동식 난로를 환경친화적으로 보이게 할 광고가 필요해. 미네랄 오일이나 에너지 기업들이 하는 것처럼 말이야."

"그런 것들을 어떻게 환경친화적으로 보이게 한단 말이야?"

"그건 나도 모르지. 우리 난로에 태양열 집열기를 달 수도 있지."

"맞아. 멋진 아이디어야. 하지만 집열기에 필요한 태양열을 충분히 모을 계절에는 난로가 필요치 않아."

"나도 알아. 그래서 네가 필요한 거야. 네 머리엔 그럴싸하게 들리지만 완전히 쓰잘머리 없는 아이디어가 우글우글하니까. 그런 재미난 백치 놀음, 그게 네 전공이잖아."

와우, 이게 칭찬일까 욕일까? 나의 핵심 자질이 재미난 백치 놀음이라니. 자, 올라프에게 재미난 백치 놀음을 선사하기로 결심한다. 정말로 재미난 백치 놀음을. “뼈한테 물어봐.”

“뭐?”

“닭 뼈 말이야. 공중에 던져서 떨어지는 모양을 보고 미래를 읽는 거야.” 나는 환하게 웃으며 올라프를 쳐다본다. 봤지, 봤지? 이게 그 재미난 백치 놀음이란 거다.

그런데 내 친구가 정말로 닭 뼈를 집어 들어 던진 다음, 식탁에 떨어진 뼈 무더기를 가만히 쳐다보다가 웃음을 터뜨린다. 그러고는 내게 키스를 하더니 소리친다. “만세! 몇 달 동안 머리를 쥐어뜯었는데 해답이 이 뼈에 있다니. 그냥 던지기만 하면 되었을 것을.” 그는 20유로를 식탁에 던지고 ‘쌩’ 달려나간다.

주인과 나는 황당한 표정으로 닭 뼈를 쳐다본다. 주인이 입을 열어 이렇게 중얼거리기까지 아마 족히 5분은 걸렸을 것이다. “송풍긴데요. 닭 뼈로 만든 풍력발전소.”

그러니까 앞으로 파이프로 연결하여 덜거덕거리는 거대한 닭 뼈 모양의 송풍기를 단 난로를 보시거든, 그놈의 난로가 걸핏하면 넘어져 사람이나 동물을 깔아뭉개거든……. 아, 난 절대 그런 의도가 아니었는데…….

P.S.: ‘미친 닭’이라는 치킨집 이름은 내가 지어낸 것이다. 진짜 이름은 각자 알아서 찾아내시기를.

특별한 재능

아침에 눈을 뜨자마자 어젯밤 거의 내내 감자 샐러드 접시에 각종 신체 부위를 담근 채 잠을 잤다는 사실을 확인한다면 그건 지난밤의 파티가 완벽하게 성공했다는 뜻이다. 아마 이번에도 나는 모두에게 이를 확실히 입증해 보였을 것이다.

세수를 하고 페터에게 티셔츠를 빌려 달라고 하니 그가 말한다.

"호어스트, 등에 문신은 언제 한 거야?"

뭔가 재기 발랄한 대답이 필요하다. 그래서 몇 분 동안 고민하다가 생각한다. 재기 발랄한 대답이 듣고 싶어 한 말일 테니 저 술수에 넘어가서는 안 되지. 나는 승리의 미소를 지으며 입을 다문다. 대신 거울 앞으로 걸어간다. 어, 저게 뭐야? 정말로 등에 뭐가 있네?

세상에! 아무리 좋게 봐주려고 해도 자욱한 담배 연기를 뒤집어쓴 헬무트 슈미트(애연가로 유명한 독일 전 총리—역주)가 등에 문신으로 들어와 있다. 하지만 맹인에 양팔이 없고 추워 심하게 몸을 떠는 데다 극도로 피곤한 문신사가 아주 뭉툭한 바늘로 작업을 했던

게 틀림없다. 이 와중에 페터의 말에는 무조건 공감한다. "적어도 여자는 아냐."

"발진 같은데. 내일 자고 나면 없어질 거야." 고맙게도 페터가 재빨리 불러온 전문가가 말한다. 전문가는 페터의 이웃이다. 그가 전문가인 이유는 미국 의학 드라마 〈닥터 하우스House M.D.〉 시즌을 거의 다 보았기 때문이다.

이틀 후에도 발진이 없어지지 않자 그 이웃이 본 드라마는 〈닥터 하우스〉가 아니라 〈식스 핏 언더Six Feet Under〉(장의사 집안에서 일어나는 이야기를 그린 드라마—역주)였다는 사실이 밝혀진다.

내 등에서 담배를 피우는 헬무트 슈미트는 그사이 일종의 도시 경관으로 변했다. 물론 절대로 아름다운 경관은 아니다. 여자친구는 그 경관을 이렇게 묘사한다. "베를린, 전쟁 직후, 비가 내려. 아니, 폭풍우, 눈보라가 치는군. 거기에 우박과 보슬비까지. 특히 보슬비가 많이 내리는데."

반대로 페터는 피자가 생각난다고 한다. 위장에 잠깐 머물다 인도로 나온 해산물 피자 프루티 디 마레. 하지만 비를 맞은, 특히 보슬비를 많이 맞은 피자.

여의사는 알레르기 반응이라는 진단을 내린다. 내게 이 발진이 나타나기 전에 이상한 걸 먹거나 마시거나 접촉한 적이 없는지 묻는다.

나는 그 전날 밤에 감자 샐러드 속에서 잤다고 말한다.

그녀가 묻는다. "왜요?"

"미용 목적으로요."

그녀가 이맛살을 찌푸린다. "그래서 감자 샐러드는 더 예뻐졌나요?"

의사는 나를 곧장 2층 위 피부과로 올려 보낸다. 간호사는 피부과 의사가 너무나 바쁘다면서 미리 발진을 특수 사진으로 찍어서 컴퓨터 인식 프로그램에 올리면 몇 초 후 무슨 종류의 발진인지 컴퓨터가 알려 줄 거라고 설명한다. 나는 고개를 끄덕인다.

사진을 찍는 데 몇 분이 걸린다. 몇 분의 몇 배가 또 흘러간다. 드디어 피부과 의사가 진료실로 나를 부른다. 그는 나와 내 발진의 정체를 알아내지 못해 크게 실망한다. 컴퓨터가 합리적인 결과를 알려 주지 않았기 때문이다. "아쉽지만 기계가 선생님의 발진을 거부하는군요. 어째서 생긴 것인지 모르겠다는데요. 대신 등에 적힌 것이 지금은 거의 잊혀진 고대 인디언의 상형문자이며, 이런 뜻이라는 것을 알아냈습니다. '혹독하고 잔혹한 겨울이 올 터이니, 나무를 해라!' 물론 컴퓨터도 100퍼센트 확신은 못합니다. 담배 피우는 헬무트 슈미트가 안개 속에 서 있는 모습일 수도 있거든요. 비를 맞으면서, 특히 보슬비를 맞으면서……."

그가 내 피부 샘플을 채취한다. 결과가 나오려면 며칠이 걸린다. 그때까지 바르라며 연고를 처방해 준다.

이틀 후 출장을 갈 일이 생겼다. 그동안 등에 있던 헬무트 슈미트는 루드비히 에르하르트(독일의 전 총리로 시가 애호가로 유명했다.—역주)가 되었고 자욱했던 담배 연기는 희미한 담배 증기가 되었다. 보슬비는 이제 꽃피는 들판에 주책없이 몰아친 눈보라가 되었다. 나는 이것이 연고를 바른 후 나타나는 정상적인 증상인지 물어보려고 피부과 의사에게 전화를 건다. 간호사는 의사가 여전히 바쁘다고 말한다. 하지만 나한테서 전화가 왔었다는 말을 전하기는 하겠노라고 말한다. 몇 시간 후 의사가 나에게 전화를 했을 때는 이미 기차를 탄 후였다.

상황을 설명하자 그는 진심으로 걱정하는 눈치다. 그러면서 자기가 직접 봐야겠으니 당장 사진을 찍어 보내라고 한다. 나는 지금 기차 안이라고 설명한다. 알다시피 발진은 등에 있으므로 지금 사진을 찍을 수 없다고 말이다. 의사는 충분히 이해하지만 그래도 휴대전화로 사진을 찍어 자신에게 보내라고 한다.

기차 화장실로 들어가 상의를 벗고 거울을 이용해 등에 난 발진의 사진을 찍어 보려 발버둥을 친다. 정말로 어렵다. 간신히 포즈를 맞췄다 싶으면 기차가 덜컹하며 급회전하여 나를 세면대나 문고리, 쓰레기통으로 내동댕이친다. 여덟 번의 시도로 여러 개의 푸른 멍 자국을 남긴 끝에 나는 의사에게 사진을 보낸다. 그가 당장 전화를 걸어 더욱 걱정스러운 목소리로 생각보다 훨씬 더 심하다고 말한다. 사진으로 판단하건대 독일 철도의 휴지걸이가 등에서 바로 자라나고 있는 것 같단다. 이렇게 대단한 휴지걸이 발진 사례는 여태껏 본 적이 없다고 한다. 그러더니 갑자기 그가 깔깔대며 웃는다. 불쾌한 발진으로 고생하는 환자를 보고 웃을 수 있는 사람은 아마 피부과 의사뿐일 것이다.

나는 환자를 비웃는 피부과 의사만 특별히 가는 지옥이 따로 있다고 알려 준다. 거기 가면 —곤란한 신체 부위에 난— 정말로 맞추기 괴로운 종기 퍼즐을 666년 동안 맞추고 나서야 겨우 의사를 만날 수 있으며, 666년이 지난 후에도 대기실에서 다시 몇 시간을 기다려야 하는데 막상 진료실에 들어가 의사를 만나는 순간 그 종기가 다시 싹 사라져 버린다고 말이다. 하지만 진료실을 나오자마자 다시 종기는 전보다 더 고약하고 더 고통스러워져서 다시 666년 동안 퍼즐을 맞추면서 기다려야 한다는 거…….

피부과 의사는 조금 더 품위 있고 수준 높은 유머를 갖춘 진료가 가능하지만 그건 의료보험 적용이 안 된다고 말한다. 추가 진료비를 내면 약간 덜 멍청한 유머는 가능하단다. 멍청하고 모욕적인 유머가 전혀 없는 진료는 따로 민영의료보험 상품에 가입해야 된다나? 어쨌거나 내가 찍은 사진은 전혀 쓸모가 없다고 한다. 너무 흐릿하고 너무 흔들렸다고 한다. 그래서는 제대로 진단을 내릴 수가 없으니 다른 사람에게 부탁해서 발진 사진을 찍어 보내란다.

나의 대답. "기차라고요. 누구한테 부탁을 하겠어요? 누구를 붙들고 등에 난 발진을 찍어 달라고 하냐고요?"

그는 너무나 잘 이해하지만 그래도 부탁을 해서 발진 사진을 찍어 보내라고 명령한다.

나는 기차 안을 이리저리 오간다. 누가 등에 난 불쾌한 발진 사진을 찍어 줄 수 있을까 고민하며 사람들을 살펴본다. 아아, 도대체 이런 관점으로 기차 승객들을 관찰해 본 사람이 과연 몇이나 될까?

혼자 기차를 탄 것 같은 열세 살 가량의 소년이 절망적으로 무언가를 찾고 있는 나의 시선을 깨닫고 친절하게 자기가 뭐 도와줄 것이 있냐고 묻는다.

나는 기차 화장실에서 등에 난 발진 사진을 찍어 줄 사람을 찾고 있다고 설명한다. 물론 공짜는 아니며 5유로를 주겠다고 제안한다.

소년이 벌떡 일어나더니 쏜살같이 도망을 친다. 네 줄 뒤 좌석에서 내 말을 들은 파란 원피스의 중년 여자가 기차가 떠나갈 듯 큰 소리로 외친다. "20유로 주면 당신 궁둥이 사진도 찍어 주지."

나는 그녀에게 정말로 병원에서 진단을 받기 위한 의학적 목적으로 사진을 찍으려는 거라고 설명한다. 다른 승객들도 여기저기서 제안을 한다. 심지어 50유로를 주면 3D로 찍어 주겠다는 사람도 있다. 그 제안은 고사한다. "발진은 평면이 더 좋겠어요."

소년이 한 여자의 손을 잡고 돌아온다. "저기 저 남자예요. 엄마. 저 남자가 5유로를 줄 테니 나체 사진을 찍어 달라고 했어요."

나는 흥분한 엄마와 그 뒤에 서 있는 차장에게 등에 난 발진이었을 뿐이라고 설명한다. 그리고 증거가 필요하다면 그에게, 그러니까 차장에게 발진을 보여 줄 수도 있다고 한다. 차장은 자기 종아리에도 비슷한 것이 났는데 경쟁심은 버리고 순수한 마음에서 비교해 보지 않겠냐고 제안한다.

엄마는 준엄한 표정으로 낯선 남자의 구역질 나는 발진 따위 보지 않고 기차를 탈 수 있는 세상을 꿈꾼다며 일장연설을 한다. 소년은 그새 마음이 바뀌어 사진을 찍고 5유로를 벌고 싶다고 말한다. 중년 여자는 소년에게 궁둥이 포함 20유로를 받기로 하고 자기가 이미 일을 맡았다고 부르짖는다. 한바탕 소란이 일어난다.

피부과 간호사가 전화를 건다. 새 연고 처방전을 보내겠다고. 가까운 약국에 가서 전화를 걸면 그곳으로 메일을 보내겠단다. 나는 깜짝 놀란다. 아직 사진을 안 보냈는데 의사가 어떻게 처방전을 발급했을까?

간호사가 깔깔 웃는다. "맞아요. 그 말씀도 하셨어요. 하지만 처음 보낸 사진으로 충분하다는데요. 손님께서 피부과 의사 지옥이니 뭐니 말도 안 되는 농담을 하셔서 이대로 물러설 수 없다 싶어 남은 기차 여행 동안 아주 작은 숙제를 내 주셨다는군요."

나는 소년과 파란 원피스의 여성에게 기념으로 내 등의 발진 사진을 찍게 한다. 소년의 엄마와 차장의 종아리 발진도 같이 찍는다. 우리는 제법 즐거운 시간을 보냈고, 나는 보답으로 모두에게 음료수 한 잔씩을 쏜다.

* * *

일주일쯤 지나자 발진이 사라졌다. 그냥 사라져 버렸다. 원인은 알 수 없었다. 다만 그해 겨울이 3월, 4월까지 이어지면서 정말로 혹독하고 길었기 때문에 불안했다. 기상 관측 사상 가장 추운 3월이었다. 컴퓨터가 내 등의 인디언 상형문자에서 읽은 내용이 딱 맞은 것이다.

이것이 정말 우연이 아니라, 내가 베를린의 감자 샐러드 속에서 잘 때마다 내 등에 완벽하게 믿을 수 있는 일기 예보가 인디언 상형문자로 나타난다는 증거라고 가정해 보자. 이 얼마나 기막힌 재능이란 말인가? 이걸 일상에서 활용할 수도 있지 않을까? 예를 들어 저녁 뉴스 시간에 날씨 위성사진을 내보낸 후 곧바로 내 등의 현 상태를 찍어 방송하고 인디언 상형문자 전문가가 나와 내 등을 보면서 장기 일기 예보를 하는 거다.

무시무시하다. 설사 그럴 수 있다 해도 나는 차라리 날씨에 깜짝 놀라는 편을 택할 것이다.

유튜브는 나를 어떻게 생각할까

월요일 오전, 뮌헨의 바이에른 방송국 로비에 앉아서 누군가를 기다린다. 인터뷰 시간보다 너무 일찍 도착했지만 로비에 랜이 깔려 있어 기다리는 동안 노트북으로 메일을 확인한다. 장애인을 위한 보장구 광고 메일이 날아와 있다. 의족, 의수, 엉덩이 보장구까지 폭탄 세일 중이다. 노트북을 끄고 나니 의문이 든다. 보장구를 예비로, 그것도 인터넷으로 구매해야 하는 이유가 뭘까? 나아가 이런 의문도 든다. 이런 광고를 왜 나한테 보내지?

아주 우아하고 똑똑하고 아름다운 50대 중반의 여성이 로비로 내려온다. 사회자인 그녀는 기다리게 해서 미안하다고 사과하면서 일찍 오셔도 너무 일찍 오셨다고 말한다. 그녀는 지금은 스튜디오로 들어갈 수가 없으니 인터뷰 준비를 하는 차원에서 내가 출연한 방송 프로그램 일부를 유튜브로 봐도 되냐고 묻는다. 나는 내 노트북을 그녀에게 맡기고 화장실에 가서 오래오래 볼일을 본다. 그런데 돌아와 보니 여자가 돌변했다. 돌처럼 딱딱하게, 한편으론 약간 당황스럽고 궁금하다는 표정으로 나를 쳐다본다. 그렇다고 말을 건네거나 질문을 하지도 않는다. 우리는 말없이 스튜디오로 들어가 방송을 시작한다.

머릿속이 어지럽다. 왜 그러지? 무슨 일이 일어났을까? 내 컴퓨터에 이상한 게 들어 있었나? 아무리 생각해도 없는데. 하지만 그녀의 두 번째 질문을 듣는 순간 아하! 왜 그런지 사태 파악이 된다.

2010년 가을 메르켈 여사와 바이에른 주지사 제호퍼 씨께서 갑자기 정말 자기들 멋대로 "다문화는 죽었다"라는 테제를 발표하셨다(독일 문화가 기독교 중심의 문화이므로 이주민들은 그 문화에 순응해야 한다는 요지의 연설—역주). 나는 마침 친구들과 한 해를 돌아보는 카바레 쇼를 준비하던 참이어서 이 테제를 우리 쇼에서 독일 행진곡 메들리와 함께 채택하면 좋겠다는 아이디어를 냈다. 원래의 전투적인 가사를 개사한 행진곡은 극도로 난해했고 한 해를 돌아보는 자리는 언제나처럼 즐거웠다. 모든 것이 다 좋았을 것이다. 내가 그 전에 자료로 쓰려고 일주일 동안 유튜브에서 독일 군가란 군가는 모조리 클릭해서 듣지 않았더라면 말이다. 그날 이후 사이트에 접속할 때마다 매번 군가 관련 동영상이 자동으로 화면에 떴다. '무장 친위대 SS', '국방군 군가', '옛 전우' 등등…….

"어떤 음악을 자주 들으세요?"라는 질문도 역시 그런 이유로 사회자가 던졌던 것이다. 녹화를 마치고 나는 모든 것을 설명한다. 그녀도 자기 컴퓨터에는 조카들 때문에 아이돌 가수 뮤직비디오가 계속 뜬다고 말한다. 가끔은 문화부 동료들을 헷갈리게 하려는 목적으로 그 비디오를 이용하기도 한단다.

최근에는 그런 이용자 프로필이 일상생활의 모든 영역에서 활용되는 듯하다. 예를 들어 생필품을 검색하려고 하면 이런 공지가 뜨는 거다. "이 생크림을 구매하신 분들은 다음의 럼 초콜릿, 생선 튀김, 생크림도 구매하셨습니다." 적포도주를 클릭하면 "이 적포도주를 구매하신 분들은 아스피린도 함께 구매하셨습니다.", 라자냐를 클릭하면 "이 라자냐를 구매하신 분들은 우리의 말띠 해 달력도 구매하셨습니다."

대화를 나누다 보니 내가 왜 요즘 들어 부쩍 보장구 광고를 받게 되었는지도 알 것 같다. 세계 대전과 그와 연관된 것에 관심이 많은 사람의 경우 평균 이상으로 인공 보장구에 대한 수요가 높다고 한다. 그렇게 본다면 정말 모든 것이 논리적이다. 안심이 된다.

한 번의 모험, 세 번의 승리

제1막 좋은 아이디어

여자친구가 아이는 자고로 캠핑을 해 봐야 하는 법이라고 우긴다. 캠핑이 빠지면 진짜 어린 시절이 아니라나? 우리와 함께 식사를 하던 친구들이 당장 동의한다. 바로 그거야. 아이들에겐 캠핑이 정말 좋은 경험이라니까.

나는 입을 꾹 다물고 있다. 물론 나는 어린 시절, 청소년 시절, 청년 시절에 여러 번 캠핑을 다녔다. 심지어 어린이, 청소년, 청년일 때는 캠핑을 아주 좋아했다. 하지만 지금은 에어 매트나 침낭에서 하룻밤을 보낸다는 상상만 해도 마음이 불안해진다. 지난 30년 동안 에어 매트가 극도로 불편해져 버렸다. 아마도 기후 변화로 인해 공기의 품질이 엄청 떨어졌기 때문일 것이다.

그럼에도 교활한 전략가인 나는 원칙적으로는 동의를 표한다. “정말 멋진 아이디어인데. 너희들이 애들을 몽땅 데리고 캠핑을 가면 나는 베를린에 남아서 귀찮은 잡일을 다 처리해 줄게. 화분에 물도 주고 말이야."

친구들은 자기네 집엔 화분이 없다고 말한다. 나는 그럼 몇 개 사다 줄 수도 있다고 대답한다.

여자친구가 내 말을 자른다. 자기는 내가 무슨 일이 있어도 캠핑을 가야 한다고 생각한단다. 아버지로서 마땅히 해야 할 일이며 훗날의 성장에 아주, 아주 중요하다는 것이다.

나는 설명한다. "우리 아버지는 나하고 한 번도 캠핑 간 적이 없었지만 나는 훗날 잘 성장했어. 애들은 다 알아서 제 갈 길을 찾아가는 거야."

그녀가 머리를 절레절레 흔든다. 아이 걱정은 전혀 안 한다고, 그녀가 걱정하는 것은 나의 성장이라고. 나중에 자식이랑 캠핑을 한 번도 안 가 봐서 인생이 허무하다고 징징대며 자책하는 그런 '사추기' 노인은 절대 사절이라고.

나는 절대로 자책하지 않을 것이라고 약속한다. 하지만 여자친구의 표정에서 그녀가 이미 나 대신 결정을 내렸다는 사실을 깨닫는다. 그녀는 자연에서 아이와 보내는 시간이 나에게 얼마나 멋진 경험이 될 것인지 상상하며 혼자 몽상에 빠져든다. 우리가, 아이와 내가 얼마나 오랜 세월 동안 그 시간을 이야기하며 행복할 수 있을지. 그녀는 우리를 묵묵히 부러워하며 우리가 캠핑을 떠난 그 시간에 럭셔리 호텔 쿠폰을 사용하겠노라고 한다.

여자친구에게 생일은 아직 4주나 남았다고 내가 지적한다. 그러자 그녀의 얼굴이 살짝 일그러진다. 내가 예정되어 있던 선물을 미리 폭로하는 바람에 깜짝쇼의 묘미를 망쳤다나? 하는 수 없지 뭐. 이제 와서 바꿀 수도 없으니 자기는 내가 자기 생일 선물로 점찍은 그 호텔 쿠폰을 미리 쓰겠단다. 아직 4주나 더 남아 있으니 깜짝 선물은 다시 고민해 보면 될 테니까. 그녀가 환하게 웃는다. 나는 결국 두 손 들고 쿠폰을 내가 직접 구매해야 하느냐고 묻는다.

“아니, 꼭 그럴 필요는 없어. 내가 벌써 예약했거든. 고마워. 정말 멋진 선물이야. 내가 꼭 바라던 선물이었어.”

친구들은 자기 아이들까지 데리고 가 달라고 말한다. 그럼 훨씬 더 재미있을 것이라고 말이다. 아쉽게도 자신들은 시간이 없단다. 대신 자기들 차와 텐트는 빌려 주겠다고 한다. 그러잖아도 준비물을 모두 완벽하게 꾸려서 저 아래 차 안에 두었으며, 아침 일찍 7시 30분쯤에 출발하면 될 거고, 애들도 굉장히 좋아할 거란다. 지난번 발트 해변에서 나랑 재미있게 보낸 터라 이번에도 기대가 적지 않을 거라 덧붙인다. 내가 뭐라고 입을 달싹하려는 찰나 자동차 열쇠가 이미 내 손에 쥐어져 있다. 모두가 행복하다. 그러니까 거의 모두가.

잠시 후 나는 복도로 나가 페터에게 전화를 건다. “여보세요? 페터, 나 호어스트야. 급하게 부탁할 일이 있어. 주차된 차 안에서 텐트와 캠핑 용품들을 훔쳐야 해. 아, 물론 안전하지. 내가 지금 주소를 문자로 보낼 거야. 네가 도착하면 내가 발코니에서 리모컨으로 차 문을 열어 줄게. 네가 텐트와 용품을 트렁크에서 꺼내고 내가 다시 자동차 문을 닫으면 만사 오케이야." 나는 그에게 정말로 캠핑 용품만 훔쳐야 한다고 부탁한다. 애들하고 놀러 가는 것은 좋은데 가능하다면 침대와 욕실과 진짜 벽과 진짜 지붕이 있는 곳으로 가고 싶은 것뿐이라고 강조한다.

자부심에 어깨가 절로 으쓱한다. 다른 사람들 같았으면 이런 캠핑 문제로 밤새 싸우며 서로를 비난하고 모욕했을 것이다. 나는 이런 식의 갈등도 정말로 소리 없이 한결같은 사랑과 품위 있는 신중함, 고도의 지능으로 해결한다.

부엌으로 돌아오자 당혹스러운 침묵이 감돈다. 수억만 년 같은 시간이 흘렀다고 느낀 후에야 여자친구가 폭발한다. "페터가 나한테 문자 보냈어. 내가 어제 당신이 전화해서 차에서 텐트 훔치라고 부탁하면 나한테 바로 알려 달라고 말했거든. 아니면 공범으로 고소할 거라고."

나는 잘못을 깨닫고 뉘우친다. 그리고 죄를 시인한다. "미안해. 정말 잘못했어. 미차한테 걸었어야 했는데."

"미차한테도 다 말해 놨거든. 홀거랑 요헨한테도. 어차피 주차된 차도, 텐트도 없어. 어쩌나 보려고 테스트한 거야."

"이해해. 나 합격했어?"

"당연히 아니지."

“안타깝군. 다시 점수를 딸 방법은 없을까?”

“나도 모르겠어.” 그녀가 씩 웃자 나는 마침내 두 손 두 발 다 들고 만다.

“알았어. 애들 데리고 캠핑 갈게. 다음 주말쯤.”

모두가 환호한다. 캠핑! 나 혼자서 애들을 다 데리고! 그야말로 멋진 제안이라고 다들 입을 모아 동의한다.

나 역시 그렇게 생각한다. 나야말로 베를린 최고의 아이디어맨이니까.

제2막 텐트 구입

내 딸과 친구들의 아이 셋을 데리고 캠핑을 가겠다는 멋진 아이디어로 모두를 충격에 빠뜨렸으니 이제 텐트만 있으면 모든 준비가 끝난다. 친구들이 꼭 캠핑 용품 전문점에 가라고 충고한다. 바로 다음 날 아웃도어 전문점을 찾아간다.

“안녕하세요. 텐트를 사려고요. 추천 좀 해 주시겠어요?”

판매원이 나를 오랫동안 깔보는 듯 쳐다보다가 입을 연다. “물론이죠. 텐트로 뭘 하실 건데요?”

“어허, 내가 텐트로 뭘 하고 싶을까요? 뭐 일단 서로 인사를 나누고 천천히 서로를 알아 가다가 상호 호감이 있을 경우엔 진지한 관계를 시작할 수 있겠지요.”

“아……, 그럼 문제없습니다. 여기 이 텐트로 하세요. 물론 독일에선 아직 결혼까지는 불법입니다. 하지만 라스베이거스에선 남성과 텐트의 결혼이 아무 문제가 없다더군요.”

“진짜요?”

“그럴 리가요. 저희는 더 나은 고객 응대를 위해 심리 교육을 받습니다. 그래서 아무리 말도 안 되는 말씀을 남발하셔도 빠져나갈 방법을 다 알지요.”

“아하, 그렇군요. 실은 캠핑을 가려고요. 가능하다면 텐트하고 같이.”

“좋습니다. 텐트가 뭘 할 줄 알아야 하나요?”

아니, 나한테 헛소리 남발하지 말라고 하고선 어떻게 저런 질문을 할 수가 있지? 텐트가 뭘 할 줄 알아야 하냐고? 물구나무 서기? 어쨌든 판매원의 화를 돋울 생각은 없으니 적당히 대답한다.

“요리요. 텐트가 요리를 할 줄 알면 얼마나 좋을까요?”

“이해합니다. 그런 분들이 많지요. 저기 앞쪽에 있는 걸로 하세요.”

“정말 요리할 줄 아는 텐트가 있어요?”

“당연하지요. 손님께 아주 딱 맞는 텐트입니다. 여기요. 안을 살펴보세요.”

그는 나를 요리용 텐트 안쪽으로 안내한다. 그런데 내가 안으로 들어가자마자 밖에서 지퍼를 잠그고 자물쇠를 철컥 채운다.

“이봐요. 여기 아무것도 없잖아요. 텐트가 무슨 요리를 해요.”

"당연히 못합니다. 요리를 하는 텐트는 없습니다. 이 텐트는 손님처럼 재미난 손님을 감금하여 실없는 농담을 멈추게 하는 '재미난 고객 전용 텐트'입니다."

"특수 감옥 텐트인가요?"

"최근에 생겼죠. 손님을 위해 이 텐트를 특별히 고안했습니다."

"내가 원하는 건 일거리를 안 만드는 텐트라고요. 성가시지 않은 텐트요."

"좋습니다. 그럼 이제 정말로 원하는 텐트를 말씀하세요."

절대로 입을 열면 안 된다는 사실을 잘 알지만 모든 논리와 이성이 반대를 하는데도 입에서 그냥 말이 튀어나오는 상황이 있다. 바로 지금이다. "혼자 알아서 펴지고 접히는 텐트라면 정말 좋겠어요."

에잇, 빌어먹을. 나는 이 재미난 고객 전용 텐트에서 앞으로 몇 년 동안 나가지 못할 것이다. 그렇게 생각하는 순간 기적이 일어난다. 지퍼가 열리면서 판매원이 투덜댄다. "진즉에 그렇게 말씀하셨어야죠."

그는 양쪽에 음료수 거치대가 달린 파티용 헬멧 이후 가장 놀라운 발명품을 나에게 보여 준다. 자동 텐트다. 정말로 혼자 알아서 펴지고 접히는 텐트다. 공중에 던지기만 하면 착! 펴진 텐트가 자태를 뽐내며 서 있다. 팩으로 고정만 시키면 완성이다. 나중에 접을 때도 두 번, 세 번만 손을 놀리면 차작! 다시 곱게 접힌다. 던지고 접기만 할 줄 알면 된다. 놀랍게도 내가 그걸 할 줄 안다.

제3막 멋진 경험

일주일 후 해변의 캠핑장에 도착하자 나는 아이들에게 아무것도 할 필요가 없다고 말한다. 내가 혼자서 텐트 두 개를 다 설치할 거라고. 하지만 그건 나중에 하면 되니 일단은 쉬면서 아이스크림이나 먹자고 한다. 아이들은 나의 더없이 쿨한 모습에 감격한다. 정말 올바른 태도이다. 하지만 아이스크림을 다 먹고 나더니 살짝 불안해한다. 얼른 텐트부터 치자고 조른다. 나는 아이들을 달랜다. "걱정하지 마. 먼저 축구나 한 판 하자."

나는 안다. 텐트가 설치되는 순간의 전율이 미뤄지면 미뤄질수록, 그리하여 긴장이 쌓이면 쌓일수록 아이들의 감동이 오래갈 것이라는 사실을. 또 나의 승리가 더 원대해질 것이라는 것을. 축구 경기를 마치자 아이들은 이제 정말 텐트를 치자며 조르고, 나는 말한다. "수영 시합 한 판 하고." 수영을 마치자 아이들은 정말로 안달복달하지만 나는 여전히 느긋하게 말한다. "저녁 먼저 먹고." 밥을 먹고 나자 서서히 아이들의 공포가 커진다. 나는 후식으로 한 번 더 아이스크림을 명령한다.

아이스크림을 먹은 후 아이들이 허둥지둥 자동차로 달려간다. 때는 무르익었다. 마침내 영웅이 될 시간이 온 것이다. 내가 트렁크를 열고 텐트를 꺼내는 동안 시커먼 구름이 몰려온다. 소나기구름이다. 와우! 정말로 극적이야. 이보다 멋진 타이밍은 없을 거야.

아이들이 완전히 기절하기 직전이 되자 짜잔! 위대한 나의 무대가 시작된다. 첫 번째 텐트를 휙 집어던지자 "착!" 하면서 텐트가 저절로 펴진다. 텐트가 위용을 뽐내며 우뚝 서 있다. 아이들이 소리를 지른다. "와!" 아이들이 환호성을 지르며 박수를 치고 나에게 감격의 인사를 보낸다. 마땅한 일이다. 나는 두 번째 텐트를 꺼내고 이번에도 "착!" 하는 소리와 함께 완벽하게 텐트가 쳐진다.

아! 다가오는 소나기구름 탓에 바람이 서서히 세진다. 이젠 텐트를 단단히 고정시켜야 한다. 아이들에게 줄과 팩이 든 파란색 주머니를 차에서 꺼내 오라고 시킨다. 아이들이 주머니를 못 찾는다. 나는 여자친구에게 전화를 건다. 여자친구는 우리가 떠나고 난 후 현관에 파란 주머니가 놓여 있었다고 확인해 준다. 그게 중요한 물건이었냐고 되묻는다. 비가 한두 방울 떨어지기 시작한다.

아이들과 함께 휘몰아치는 폭풍과 정신없이 퍼붓는 비를 헤치고 그야말로 유령같이 서 있는 두 개의 자동 텐트를 다시 접는다. 바람에 2미터 이상 떠밀려 간 애는 없어서 그나마 다행이다. 이미 비에 쫄딱 젖은 남은 장비들도 어서 서둘러 차로 옮겨야 한다. 그런 다음 다섯 명이 차에 올라 비 맞은 생쥐 꼴로 김을 무럭무럭 내면서 아름다운 브란덴부르크의 펜션을 찾아다닌다. 아, 정말로 잊을 수 없는 멋진 캠핑 체험이다.

간신히 펜션을 찾는다. 진짜 침대가 있고 난방이 되며 수도꼭지를 돌리기만 하면 뜨거운 물이 나오는 곳이다. 감자칩과 설탕이 잔뜩 든 탄산음료를 마시며 텔레비전 앞에 앉은 나와 아이들은 한마음 한뜻이 되어 의견을 모았다. 이보다 더 아름답고 풍성하며 완벽한 캠핑은 있을 수 없을 것이라고.

도둑의 역사

2013년 1월 베를린 슈테글리츠에 이름하여 '터널 도둑들'이 등장하였다. 그들이 정확히 은행 금고까지 터널을 판 다음 금고 안에 있는 것을 몽땅 털어 갔을 때 베를린 전체가 이 절도 행각에 대한 얼마간의 자부심에 휩싸였다. 그토록 멋진 터널을 팔 수 있다면, 그토록 길고 안전하며 기술적으로도 완벽한 터널을 만들 수 있다면, 금고에 든 물건 몇 개 정도는 훔쳐 가도 괜찮지 않겠는가!

경찰은 즉시 범인을 찾아 나섰다. 하지만 당시 거의 모든 베를린 사람들이 한마음이었다. 그러니까 그들을 처벌할 것이 아니라 그들에게 부실투성이 공항 공사를 맡기자는……. 그러나 베를린의 이런 감격적인 반응은 약속한 비용과 공사 기간을 정확히 엄수하면서도 안전 규정까지 완벽하게 지키는 바람에 칭송과 감탄을 안겨 준 그들의 터널 작품 때문만은 아니었다. 자고로 시대를 불문하고 근면성실하며 제법 지능적인 계획에 따라 행동하고 누구에게도 해를 가하지 않는 도둑들은 칭송과 명성을 누려 왔다.

19세기 중엽 독일 뢴 지방에는 '뢴 강도단'이 있었다. 이들은 중부 산악 지대에서 주로 등산객이나 상인들을 대상으로 돈과 물건을 빼앗았다. 강도단의 수법은 놀라울 정도로 단순했다. 가파른 산길의 최정상에 숨어서 길손이 나타나기를 기다리는 것뿐이었다. 완전히 지쳐서 숟가락 들 힘조차 없는 길손이 정상에 도착했을 땐 더 이상 이렇다 할 저항을 할 수 없는 상황이었으므로 습격은 보통 아주 간단하고 문명적이었다. 도주 역시 산 아래로 내려가는 길이었으므로 매우 빠르고 조용하게, 실로 우아하게 진행되었다. 그러니까 뢴 강도단은 아주 지능적으로 산을 이용할 줄 아는 사람들이었던 것이다. 더구나 그러자면 아침에 아주 일찍 일어나 산을 올라가야 했기 때문에 그들의 행위는 시대를 불문하고 성실한 절도 기술로 인정받았고, 강도단의 일당들 역시 지극히 평범하고 정직한 국민으로서 칭찬과 존경의 대상이었다.

* * *

그랬기에 지난여름 뢴에서 자전거 여행을 할 때에도 이 존경스러운 악당들이 절로 떠올랐다. 뢴의 산들은 보기에는 참 좋지만 막상 자전거를 타고 올라가면 관광 안내서의 지도에서 볼 때보다 훨씬 더 가파르다. 그 관광 안내서는 자전거를 타고 뢴을 탐험하는 것이 '완벽한 휴식'이라고 주장한 바 있다. 휴식에 대한 생각이 이렇게 다를 수 있다니, 그저 놀라울 따름이다.

자발적으로, 그러니까 특별히 문제가 있거나 심오한 이유가 있어서가 아니라 그냥 재미 삼아 작열하는 태양을 헤치고 어이없을 만큼 가파른 산을 몇 번이고 자전거로 오르내리는 사람은 익스트림 스포츠 선수이거나 진짜 멍청이거나 둘 중 하나이다. 뭐, 한쪽이 아닌 것은 분명하므로 나는 아마도 익스트림 스포츠 선수라는 특이한 집단의 일원인 것 같다. 놀라운 깨달음이다.

그런데 불행은 이것만으로 충분하지 않았나 보다. 이 완벽한 휴식이라는 자전거 여행의 마지막 코스인 가장 높은 산 그로서 외셀에 도착했을 때다. 정상을 채 100미터도 남겨 놓지 않고 급커브를 돌던 중 한 무리의 어슬렁거리는 청년들을 발견한다.

나는 즉각 상황을 간파한다. 뢴 강도단이다! 그게 아니면 무엇이란 말인가? 여기, 아홉 번째 정상, '아름다운 뢴 투어'가 거의 끝나가는 지점에서 이들은 완전히 힘이 다 빠진 관광객들을 급습하려 기다리고 있다. 청소년들이 역사 공부를 싫어한다고 누가 말했던가!

돌아 내려가 이들이 가 버릴 때까지 기다릴 수도 있다. 하지만 그러자면 산을 다시 올라가야 한다. 그리고 얼마나 기다려야 할지 아무도 모른다. 산을 빙 돌아갈 수도 있다. 그러려면 거리가 너무 멀고 또 이 산을 빙 돌아가면 다시 세 개의 봉우리를 넘어야 한다. 그게 더 손해다. 결국 나는 생각한다. 무슨 상관이야. 나는 베를린 사람이야. 베를린의 대표적인 우범 지역 베딩도 밤에 혼자 걸어 다니는 사람이라고. 꼭 그래야 한다면 교회에서 부르는 마약 반대 노래도 부를 수 있어. 그러니 이 겁나게 더운 날 뢴의 산봉우리쯤이야 뭐가 두렵겠어?

나는 최대한 쿨한 척하며 자전거를 끌고 간다.

시속 약 3.5~3.6킬로미터의 속도로 죽을 둥 살 둥 페달을 밟으면서 헐떡거리고 기침을 하고 목이 타서 죽을 지경이며, 온몸이 완전히 땀으로 뒤덮인 채 자전거를 타고 산을 오르면서 쿨한 척해 본 적 있는 사람이 있을까 궁금하다. 정말로 쉽지 않다. 더구나 땀이 샘솟듯 이마에서 눈으로 흘러내리고 불룩 튀어나온 혈관 탓에 머리통이 시뻘겋게 빛날 뿐 아니라 마치 엉엉 울고 있는 꼬락서니라 여간 힘겹지 않다.

이윽고 젊은이들이 나를 발견한다. 그중 하나가 말을 붙인다.

"자전거 멋지네요."

"왜, 내 자전거 훔치려고 그러지?"

"네? 뭐 하러요? 사방이 산인데요. 여기서 자전거 타고 돌아다니면 얼마나 힘든지 아세요?

나는 조금이라도 더 눈에 띄지 않게 땀을 흘리려고 무던히 애를 쓴다. 몽롱하지만 청년 중 하나가 뒷바퀴 쪽으로 허리를 숙이고 극도로 이해할 수 없는 문장을 뱉어 내는 광경이 눈에 들어온다. "뒷바퀴가 빡빡해. 기어를 이렇게 조절해 놓으면 산에 오르기 진짜 힘들 텐데."

침착하게 대답한다. “아, 괜찮아. 알다시피 나는 익스트림 스포츠 선수니까.”

“진짜요? 전혀 몰랐네요.”

모두가 웃는다. 하지만 악의는 없다. 뭔지 모르겠는데 어쩐지 친절하다.

“웃기는 소리 같겠지만 잠깐 동안 너희들이 뢴 강도단인 줄 알았어.”

“뢴 강도단이요? 에이. 그건 스트레스가 너무 심해서 안 돼요. 우린 서비스맨이에요. ‘아름다운 뢴 투어’를 하는 관광객들이 물을 너무 적게 가지고 오시더라고요. 하지만 여기 정상에는 아무것도 없어요. 그래서 정상에 도착한 후에 저희가 가져온 물을 보면 정말 좋아하시죠.”

“물 있어?”

그가 환하게 웃는다. “차가운 얼음물이요.”

그가 오토바이 옆 그늘에 놓아둔 아이스박스에서 0.5리터짜리 물병을 꺼낸다. 이젠 내 얼굴이 환해진다. “오호호, 대단해. 기적이야. 구원의 손길! 이 물 한 병을 위해서라면 영혼이라도 팔겠어.”

그가 히죽 웃는다. “맞는 말씀. 5유로입니다.”

좁은 의미에선 이제 더 이상 뢴 강도단은 없지만 산을 지능적이고 문명적으로 이용하는 이곳의 전통은 다른 어느 곳 못지않게 면면히 이어져 내려오고 있다. 알아 두면 좋을 듯.

날쎈돌이 칼레

날쎈돌이 칼레, 일명 '핸드백'은 베를린 역사상 최고의 솜씨를 자랑하며 가장 전문적인 핸드백 도둑이다. 위대한 악당들이 그렇듯 그 역시 물건을 그냥 훔치지 않는다. 그의 손에 닿으면 핸드백 절도는 하나의 예술이 되며, 숨 막히는 속도로 벌어지는 뛰어난 곡예가 된다.

대부분 그는 긴 직선 도로의 초입에서 핸드백을 탈취한 다음 미친 속도로 달아났다. 하지만 달리는 동안 핸드백 안에 든 내용물을 샅샅이 조사하여 돈만 꺼내고 핸드백은 피해자의 시야가 미치는 곳의 수풀에 던졌다. 그래서 도둑을 맞은 사람은 핸드백을 즉각 다시 찾을 수가 있었다. 게다가 돈만 빼면 없어진 것이 하나도 없었다. 그러니 귀찮게 신분증을 재발급받으러 관공서로 가거나 은행에 전화를 걸어 카드를 정지시킬 필요가 없었다. 절도가 최대한 고객친화적으로 진행되었던 것이다. 피해자가 불필요한 비용과 노력을 들이지 않아도 되도록 전 과정이 쾌적하고 비관료주의적으로 이루어졌다. 날쎈돌이 칼레는 늘 말했다. "안 그래도 도둑을 맞아 속이 상할 텐데 쓸데없이 귀찮은 일까지 하게 해서는 안 되지."

그래서 대부분 여성인 적지 않은 수의 피해자들은 그에게 홀딱 반했다. 온갖 물건으로 가득한 핸드백을 이 남자만큼 빠르게 수색할 수 있는 사람은 없었다. 핸드백 주인들조차 그럴 수 없었다. 그들은 그 점에 최고의 찬사를 보냈고 이 남자를 실제로 한번 만나 보고 싶어 했다. 하지만 해마다 먹는 나이와 이상한 최신 유행이 칼레의 발목을 붙잡았다. 그리고 어느 날 일어난 불행한 사건은 그동안 쌓아 온 그의 모든 경력을 단번에 무너뜨리고 말았다.

언제나처럼 순식간이었다. 그는 젊은 여자의 핸드백을 낚아채서 빛의 속도로 돈을 찾았다. 그런데 핸드백이 갑자기 그의 손가락을 물었다. 게다가 핸드백에는 정체를 알 수 없는 엄청나게 사나운 벼룩 분말 같은 것이 묻어 있었다. 어쩌면 이상한 향수였을지도 모른다. 어쨌든 그 물질로 인해 칼레의 손은 순식간에 빨갛게 부풀어 올랐다.

실수로 핸드백이 아니라 가죽 핸드백과 정말로 똑같이 생긴 강아지를 탈취한 것이다. 강아지 주인인 꼬마 숙녀는 도둑맞은 강아지와 똑같은 목소리로 목청껏 비명을 질렀다. 그 소리에 놀란 칼레가 강아지를 저 높이 휙 던져 버렸다.

그 직후 그는 절망적인 심정으로 절도를 완전히 끊고 핸드백 디자이너로서 새로운 인생을 시작하였다. 새 직업은 그에게 평온한

제2의 인생을 선사했다. 그러던 어느 날 베를린 최고의 전문 금고털이 '부드러운 비스킷' 오토 슈타르크가 그를 니더작센 출신의 대도 게오르크 볼터스에게 소개해 주었고, 그에 힘입은 볼터스는 베를린 범죄자들로 '어벤저스' 팀을 꾸리겠다는 야심 찬 계획을 세웠다. 물론 이건 또 다른 이야기이다.

강아지는 어떻게 되었을까? 강아지는 사나운 벼룩 분말과 함께 공중을 휙 날아 어느 집 2층 발코니에 떨어졌고 열린 발코니 문을 지나 이제 막 파장 분위기인 파티장으로 들어가서 감자 샐러드에 처박혀 잠들어 있는 한 남자를 발견하고는 그의 등을 깨끗하게 핥고 인디언 언어로 장기 일기 예보를 등에 그려 주었다. 하지만 그 남자는 이 사실을 절대로 알 수 없었다는…….

굼벵이 속도

베르너 메르싱은 쿡스하펜의 노르트홀츠에 산다. 노르트홀츠에선 자동차가 없으면 살 수가 없다. 길이 너무 넓고 대중교통이 없는 것이나 마찬가지이므로 무슨 일이건 차를 타야 한다. 베르너 메르싱은 특히나 더 자동차를 타야 한다. 자전거는 30년 넘도록 타 본 적이 없었으니까. 하지만 사람은 자전거 타는 법 같은 것은 쉽게 잊어버리지 않기 마련이다. 그래서 베르너 메르싱은 오랜 시간이 흐른 후 처음으로 다시 자전거 안장에 올랐을 때도 크게 걱정하지 않는다.

물론 모든 것이 상당히 낯설다. 자전거만 해도 그렇다. 지난 30년 동안 자전거 공학 기술은 상당한 발전을 이루었다. 그래서 그가 지금 올라탄 자전거는 1982년에 타고 다니던 자전거와 느낌이 전혀 다르다. 그의 신체 역시 과거와는 완전히, 정말로 다르다. 안장에 올라타는 순간 그는 지난 30년 동안 자기 몸의 중심이 이동하였음을 깨닫는다. 그것도 상당히 많이 이동하였다. 정확히 말하자면 그사이 그의 몸 전체가 하나의 중심이 된 셈이다. 그래서 그는 이 낯선 자전거를 불안하게, 그러니까 정말로 천천히, 흔들흔들하면서 타고 있다. 정말 말할 수 없이 느리다. 굼벵이 저리 가라다.

뭐, 거기까진 다 좋다. 어떻게든 어디서든 결국 자전거 타는 법을 다시 익혀야 했을 테니 말이다. 그건 당연하다. 거기다 대고 이러쿵저러쿵 얘기할 사람은 없을 것이다. 그럼에도 한 가지 의문은 남는다. 왜 베르너 메르싱은 30년 만의 첫 자전거 투어를 꼭 그와 똑같이 30년 간 자전거를 한 번도 타 본 적이 없는 스무 명의 타인들과 함께해야 했을까? 왜 하필이면 베를린 도심에서, 단체 관광 투어로, 러시아워에.

그게 다가 아니다. 빵빵거리는 차들과 자전거들만으로도 이미 충분히 정신이 사나웠을 텐데, 나아가 그는 베를린 시내 투어를 하면서 안내원의 설명에 귀를 기울이고 친구들과 신나게 대화를 나누겠다는 야심 찬 목표까지 세웠다. 세상은, 특히 베를린은 너무 커서 어디가 어딘지 도통 모르겠고 너무 정신이 없으니 여기선 누구도 필요한 만큼의 휴식과 여유를 가질 수가 없겠다는 내용의 대화를 말이다. "불쌍한 사람들, 저렇게 쫓기며 살다니, 그래서 내가 잠시만 길을 가로막아도 다들 짜증이 잔뜩 난 심술궂은 표정으로 쳐다보잖아. 정말 이 도시는 사람 살 곳이 못 되는 것 같아."

베르너 메르싱과 그의 노르트홀츠 관광팀에 관한 이 모든 정보는 내가 몇 분 동안 그 뒤를 쫓아가며 그들의 대화를 엿들을 수 있었을 때, 아니 엿들을 수밖에 없었을 때 수집된 것이다. 쉬지 않고 예측할 수 없는 방향으로 이리저리 오가는 자전거 무리를 추월한다는 것은 상상도 할 수 없는 일이다. 추월은커녕 나도 모르는 새 그들 한가운데에 끼게 된다. 하지만 갑자기 그들이 무슨 이유에서인지 자전거를 멈추는 바람에 나는 그들 사이로 자전거를 밀고 나갈 수 있게 된다. 그 후 거의 1.5분 동안 자유롭게 달릴 수 있었지만 이번에는 칼스루에의 브루흐잘에서 온 귄터 지베르트와 그의 관광팀을 졸졸 따라갈 수밖에 없는 처지가 된다.

* * *

오해를 피하기 위해 한 말씀. 나는 베를린을 구경하며 이곳에서 밥을 먹고 호텔에서 묵고 다시 집으로 돌아가는 모든 관광객들을 환영한다. 정말 멋지다고 생각한다. 며칠 묵어 보고 베를린이 마음에 들면 원하는 구역에 집을 구해 아예 이사를 와도 좋다. 베를린이 너무 크고, 너무 시끄럽고, 너무 더럽다고 생각되면 그렇다고 말을 해도 좋다. 베를린에선 그런 말을 아주 크게 해도 된다. 아무도 개의치 않는다. 심지어 그사이 베를린 사람들은 베를린이 너무 크고, 너무 시끄럽고, 너무 더럽다고 주장하는 사람들을 환대하는 추세이다. 거기까지는 다 좋다. 다만 베를린에서 자전거를 타고 싶다면 반드시 사전에 연습을 해 왔으면 좋겠다.

진심으로 환영하는 독일 소도시의 주민 여러분! 지난 몇 년 동안 통 자전거를 타 본 적이 없으며, 베를린 시내야말로 오후의 러시아워에 특히 차량이 많은 장소를 골라 그 장소에 대한 사전 지식 하나 없이도 30년 만에 처음으로 다시 자전거 연습을 살짝 하기에 최고의 장소라고 생각하시는 여러분! 운전면허를 따지 않은 베를린 시민들을 그대들이 사는 소도시로 보내 난생 처음으로 트랙터나 30톤 트레일러를 연습시키면 과연 어떨지 한번 상상해 보시길 바란다. 20명, 30명씩 짝을 지어서, 도로가 제일 붐비는 시간에, 그대들의 시내, 읍내, 군내, 뭐라고 부르든 제일 중심가인 곳에서 말이다. 아니, 트랙터 연습이 끝나고 나면 '한때 중심가였던 곳'이라고 불러야 할 그곳에서.

너무 걱정하지는 마시라. 당연히 우리는 그런 짓을 하지 않을 테니. 우리 베를린 사람들은 천성적으로 —아무리 그에 합당한 고통을 당했다 해도— 원한을 품는 그런 스타일들이 아니다. 원칙적으로 예의가 바른 사람들이다. 베를린 도심 관광 안내원들에게 물어보면 내 말이 맞다는 것을 금방 확인할 수 있을 것이다.

세계적인 수준의 헤어스타일

얼마 전 마리온 민처를 다시 만났다. 마리온 민처는 내가 열일곱 살 때 짝사랑했던 여자다. 엄밀하게 따져 보면 나는 열여섯 살 때에도, 열여덟 살 때에도 마리온을 좋아했다. 사실 열일곱 살 때 마리온 민처에게 내 사랑을 고백할 뻔했던 순간이 있었다. 정확히 말하면 고백을 하긴 했었다. 간접적이긴 했지만.

그때 나는 장발이었다. 물론 항상 손질이 잘된 상태는 아니었다. 당시의 긴 머리는 세계관의 표현이었다. 특히 시골 마을에선 더욱 그랬다. 우리의, 그러니까 나와 내 친구들의 장발은 우리를 쳐다보는 모든 이에게 이런 뜻을 전달하는 상징이었다. 그래, 우리는 시골에서 태어났어. 우리를 알아주는 세상에서 멀리 떨어진 곳에서. 사람 하나에 소는 백 마리, 돼지는 천 마리, 닭은 20만 마리나 되는 촌구석이지. 임신을 계획할 때도 가능하면 아이가 수확 철에 태어나지 않도록 유념하기 때문에 농가 아이들 다섯 명 중 넷은 겨울에 태어나는 곳. 엄마 아빠가 “오늘은 큰 도시로 나가는 거야”라고 말할 땐 읍내 구경을 가는 날이라고 알아들어야 하는 곳. 그래, 그건 어쩔 수 없어. 부인할 수 없지. 하지만 우리의 헤어스타일은 그렇지 않아.

하! 그때 우리의 헤어스타일은 가히 세계적인 수준이었다. 그 헤어스타일이면 전 세계 어디든 갈 수 있었다. 브레멘, 함부르크, 베를린, 런던, 파리, 바르셀로나……. 정말 세계 어느 도시든 큰 광장에 앉아 있으면 그 도시의 다채로움과 무리 없이 어우러지며 그들의 일부가 되었다. 아무도 우리를 촌놈이라고 생각하지 않았다.

사실 우리 마을은 우리의 헤어스타일을 이해하기에는 너무 작았다. 시골에서 하릴없이 빈둥거리면 마음이 쓸쓸했다. 하지만 대도시의 큰 광장에서 빈둥거리며 앉아 있으면, 그건 세상에 대한 일종의 공식 성명, 저항의 한 형식이 되었다. 가령 소비 사회에 반대하는 저항이었던 셈이다. 하지만 손바닥만 해서 시장에서 딱히 살 것도 없는 촌구석에서 그런 식의 저항은 상대적으로 너무 추상적이었다. 때문에 우리는 도시로 출정을 나갔고, 그곳에선 보란 듯이 아무것도 사지 않는 행위는 일종의 도전이자 항거였다. 어쨌든 나는 본질적으로 아무것도 하지 않는 무위의 형식을 빌린 항거를 제일 좋아한다. 뭐 그건 좀 다른 이야기지만.

당시 우리는 우리의 비구매 행위를 매우 철저하게 견지했다. 물론 가끔 예외는 있었다. 우리 중 누군가가 어떤 이유에서건 돈이 생긴 날은 그 돈을 썼다. 하지만 그 외에는 철저하게 아무것도 사지 않았다. 대신 그냥 빈둥거리며 앉아 있었다. 거만하고 멋지게 게으름을 부리지만 심중은 곧게 간직한 채 반쯤 드러누워 빈둥거렸다. 그러면서 장발을 통해 대도시의 분위기를 물씬 풍겼기에 도시에 와서 우리를 본 모든 시골 아이들은 생각했다. '와, 쿨한 대도시 녀석들이군! 나도 지금부터 머리를 기르고 여기 앉아 있으면 아무도 내가 촌놈이란 걸 모를 거야.'

흠……, 우리도 얼마 전 도시에 처음 왔을 때 했던 생각이다. 우리의 침대는 아직 시골 마을의 구석방에 놓여 있지만 우리의 대도시 헤어스타일엔 전혀 다른 생명이 깃들어 있었다. 아, 물론 워낙 덥수룩하고 잘 감지 않은 덕택에 실제로 전혀 다른 생명이 탄생하였지만 그건 우리의 꿈이 낳은 성가신 부산물일 뿐이었다. 우리의 머리는 다른 세상으로 가는 티켓이었고, 다른 세상과의 끈이었다.

* * *

이런 이야기를 구구절절 늘어놓는 이유는 마리온 민처가 내게 자기는 장발 남자랑은 절대 사귀지 않을 것이라는 이야기를 했을 때 그것이 나에게 어떤 의미였는지 설명하기 위해서이다. 그 말을 듣자마자 나는 당장 머리를 싹둑 잘랐다. 그날 저녁 그녀의 생일 파티에 가서 깜짝 놀라게 해 주려는 심산이었다. 이런 섬세한 방식으로 일종의 청혼을 할 셈이었던 것이다. 날 보자마자 그녀는 "헤어스타일 멋지네!"라고 말했지만 바로 그 파티에서 머리가 엉덩이까지 내려오는 베른하르트 콜마이어하고 사귀기 시작했다.

그 일로 내가 무슨 교훈을 얻었을까?

전혀! 단연코 그 어떤 교훈도 얻지 못했다. 정말로 개떡 같은 경험이었으니까. 그리고 얼마 후 탈모가 시작되었다. 머리를 다시 기르면 형편없이 숱이 적고 얼굴과도 어울리지 않는 뚜껑이 될 판이었다. 결국 그날 이후 나는 영영 장발의 기회를, 헤드뱅잉과 레게머리를 할 기회를 잃고 말았다.

그 경험에서 딱 한 가지 좋은 점이 있긴 했다. 최근 마리온을 거의 30년 만에 다시 만났을 때 마침내 그녀가 당시 내 청춘을 살짝 망쳤노라고 비난할 수 있었다. 그러자 그녀는 다른 이유들을 들며 나를 비난했다. 하나 꼽자면, 어째서 그 멍청이 베른하르트 콜마이어와 사귀지 말아야 한다고 경고하지 않았냐는 것이다. 그날 밤 우리는 어느 관점에서 보아도 차선에 불과했던 우리의 청춘을 들먹이며 서로에게 거나하게 욕을 날려 주었다. 그러면서 엄청나게 웃었고 또 울었다. 너무 웃다가 눈물이 나오기도 했고 정말 울기도 했다.

아마 이것이 친구가 줄 수 있는 최고의 선물이 아닐까? 하루 저녁 내내 젊은 시절에 저질렀던 온갖 한심한 작태들의 책임을 그에게 떠넘길 수 있는 것! 정말로 값진 선물이다.

이사의 달인

페터가 결국 이사를 하기로 했다. 마루를 연마하는 데도 슬슬 신물이 나던 참에 마침 공동주택에 방이 하나 나서 그곳으로 옮기기로 결정했다.

위치나 월세, 집 자체는 정말 만족스러웠다. 그런데 면적이 살짝 줄었다. 상당히 넓은 공간에서 작은 집으로 짐을 옮겨야 하는 상황은 이사를 물류학적 대형 프로젝트로 만들었다. 그리고 그런 프로젝트들이 그렇듯 매우 계획적으로 진행되었다. 그 말은 곧 베를린 대형 프로젝트의 전통에 걸맞게 놀라울 정도의 섬세함과 신중함을 갖춘다는 뜻이다.

나는 언제 친구의 이사를 도와준 적이 있었는지 까마득할 정도로 이사와 담을 쌓고 지냈다. 하지만 이번 기회를 통해 내가 보편타당한 법칙을 만든다고 해서 크게 외람되지 않을 것이라 생각한다.

우선, 이사가 이사 당사자의 다음과 같은 말로 시작될 경우 알아둬야 할 것이 있다. "어, 벌써 왔어? 나 아직 안 끝났는데." 이럴 때는 무조건 달려라! 젖 먹던 힘까지 짜내서 도망쳐라! 절대 돌아보지 말고 큰 소리로 신나는 노래를 불러라. 그래야 설득의 고함 소리와 욕설에도 흔들리지 않을 수 있다. 무조건 달려라! 멈추지 말고 달려라, 달려!

그렇게 완벽하게 준비가 되지 않은 이사가 불러올 긴 하루와 밤의 공포는 우정으로도 감싸안을 가치가 없는 것이다. 특히 대충 봐도 아직 버릴 것조차 추려 놓지 않은 상태가 분명하다면 더 말할 것도 없다. 원래 살던 큰 집의 가구는 절대 이사할 집에 다 들어가지 않는다. 그것이 끝이 아니다. 진짜 재앙은 이사가 다 끝나고서야 찾아온다. 새집에 들어가지 않는 가구를 이사를 도우러 온 친구들이 나누어 자기 집으로 가져가야 하는 사태가 벌어진다.

하지만 안타깝게도 나는 도망치기엔 너무나 게으르고 지조 있는 인간이다. 더구나 다른 친구들의 얼굴에 떠오른 경악과 낙담, 짙은 피로를 보았기에 비겁하게 책임을 회피하기보다는 문제를 더 탁월하게, 더 성숙하게 해결할 방법을 찾기로 결심했다. 모두를 감격시킬 강력하고 상징적인 약간의 행동만 있으면 충분했다. 따라서 나는 누가 봐도 에너지 넘치는 목소리로 이렇게 말했다. “자, 그럼 시작해 볼까?” 그러고는 나의 넘치는 의욕의 불꽃을 모두에게 전염시키기 위해 곧바로 모든 이사의 최대 난제를 향해 돌진하면서 이렇게 선언했다. “세탁기는 내가 맡지!”

이 무슨 불의의 습격이란 말인가! 아무도 예상치 못했을 것이다.

평소의 나는 절대로 이사하는 집의 '세탁기'를 맡을 사람이 아니다. 주로 '화분'이나 '무겁지는 않지만 부피는 큰 물건'을 노린다. 사실 대부분은 "먼저 가서 문 잡고 있을게"라고 누구보다 먼저 말한다. 누군가는 문을 붙잡아 주어야 할 테니. 그러므로 나 같은 인간이 곧바로 세탁기를 향해 걸어간다면 모두가 의욕이 충천할 것이며 모두가 감격하여 이사의 무아지경에 빠져들 것이다. 이곳에서도 그랬다. 내 말을 신호로 갑자기 모두가 달려들어 박스를 채우고 서가를 해체하고 식기를 신문지로 싼다. 그야말로 출정의 분위기였다. 어찌나 분위기가 좋았던지, 내가 용을 써서 세탁기를 몇 번 잡아당기다가 마치 계획이라도 했던 것처럼 주저앉아 쥐가 난 상황을 연출했을 때는 일말의 양심의 가책마저 느꼈을 정도였다.

나의 계획은 간단하고도 천재적이었다. 우정을 지키면서 나의 안전을 꾀할 수 있었다. 쥐가 나면 이삿짐을 두고 비겁하게 도망칠 필요도 없다. 또 당당하게 고개를 들고 다닐 수도 있다. 물론 비유적인 표현이다. 실제로는 당연히 허리를 구부정하게 굽히고 다리를 후들거리면서 상당히 천천히 걷는다. 안 그러면 사기 행각이 발각될 테니까. 하지만 이내 깨달았다. 일부러 애쓰지 않아도 허리를 구부정하게 굽히고 다리를 후들거리며 걷기가 전혀 힘들지 않다는 사실을 말이다. 심지어 큰 노력을 들이지 않아도 믿음이 가게끔 울 수도 있었다. 그게 바로 내 신의 한 수에 숨겨진 유일한 약점이었다. 준비 운동도 없이 무작정 세탁기를 들어 올렸던 것이다.

등 전체가 당겼다. 구석구석 안 아픈 데가 없었다. 적어도 기분은 그랬다. 그런데 내 등이 엉덩이 속으로 들어갔는데도 (물론 비유적 표현이다. 그런 느낌이 들었고 어쩌면 해부학적으로 그럴지도 몰랐지만 어쨌든 엉덩이에서 귓불까지 안 아픈 데가 없었다) 아무도 믿어 주지 않았다. 오히려 페터는 진짜로 화를 냈다. 더구나 내 교활한 술책을 눈치챈 다른 친구들까지 갑자기 쥐가 난다는 둥, 근육이 경련을 일으켰다는 둥 난리를 피웠다.

여기까지는 그래도 봐줄 만했다. 정말로 참담했던 것은 내가 망가진 등 때문에 아프다고 징징 울면서 차갑고 딱딱한 목욕탕 타일 바닥에 누워 친구들의 경멸 어린 시선을 감내하고 있던 그 순간, 페터가 나에게 이렇게 말했다는 사실이다. "세탁기는 두고 갈 거야. 이사 올 사람이 쓰겠다고 했거든. 말할 틈도 안 주고 네가 막 달려들었잖아." 이 정보는 위안과 통증 완화를 기대하던 나를 무더운 여름 겨드랑이에 넣었다가 녹아 버린 얼음처럼 무의미한 힘으로 고통의 세상으로 떠밀었다.

이해할 수 없는 것

역으로 가기 위해 택시를 탄다. 문자를 보내려고 애를 쓰지만 도무지 집중할 수 없다. 택시 기사가 가는 내내 말하고 있기 때문이다. 물론 나한테 하는 말은 아니다. 핸즈프리 전화기에 대고 하는 말도 아니다. 그는 쉴 새 없이 도로의 다른 교통 참여자들과 이야기를 나눈다. 자동차 운전자, 자전거 운전자, 길을 건너는 보행자를 가리지 않고 누구든 자기 앞을 가로막는 모든 이와 이야기를 나눈다. 하지만 다른 사람들은 그의 말을 들을 수가 없다. 그가 차창을 열지 않았기 때문이다. 그의 말을 들을 수 있는 사람은 내가 유일하다. 매우 안타까운 상황이다. 일단은 당연히 내가 안타깝고, 다른 사람들 역시 무척 안타깝다. 우리의 택시 기사님께서 그들의 교통 규칙 준수 태도와 관련하여 여러 고무적인 조언과 평가 혹은 수정안을 제시하셨기 때문이다.

다행스럽게도 모두 잊혀진 것은 아니다. 내가 문자를 보내는 대신 그의 말씀을 약간 받아 적을 수 있었으니까. 그러므로 나는 우리 택시 기사님께서 전하고자 했던 몇 가지 메시지를 여러분에게도 살짝 공개하려 한다.

자, 우리 택시 기사님께서 보시기에 자동차 번호 B-WT-8732의 초록색 미쓰비시 운전자는 면허증을 독학으로 딴 게 아닌지 한번 되돌아볼 필요가 있다. 혹시라도 운전 선생님이 있었다면 그놈까지 공범으로 잡아넣어야 한다. 또 흰색 폭스바겐 골프 B-CZ-4627 운전자에게는 깜빡이가 코 후비라고 있는 게 아니라는 말씀을 전해 주고 싶으며, 번호판 G-O-217은 '할아버지Grandfather가 소Ox를 끌고 간다'라는 뜻으로 해석해야 한단다. 나아가 엄청난 속도로 우리 차를 추월한 자동차의 번호판은 '무뇌아'라는 뜻으로 해석할 수 있겠다. 그 밖에도 우리 기사님께서는 자동차 번호의 다양한 해석법을 알려 주셨으나 시간 관계상 여기까지만 소개하기로 한다.

택시 기사님 가라사대, 파란색 명품 등산복 차림으로 자전거를 탄 남자분께는 빨간불은 마음 내킬 때만 지키는 '너네 집 강아지'가 아니며 다음에 자전거 가게에 가거들랑 혹시 뇌가 들어 있는 헬멧은 없는지 물어보라고 충고하고 싶다. 분명 새롭고 멋지며 참신한 경험이 될 것이다. 반면 노란색 코르사스 LOS-VV-724 운전자에게는 '전철이 개통되었다'라는 소식을 전해 주고 싶다. 그러니 굳이 차를 끌고 시내로 나올 이유가 없다. 자고로 전철이란 그런 자들이 차를 끌고 다니지 않아도 되도록 맞춤 제작한 교통수단이니 말이다. 그가 차를 끌고 다니지 않는 것이 정말로 모두에게 도움이 될 것이다. 그 말을 마친 후 기사님은 딱 한 번 웃었는데 그 이유는 지금까지도 미스터리다.

이어 우리 택시 기사께서는 빨간색 걸프 B-TR-4563 운전자에게 개인 승용차는 역 앞의 택시 정류장에서 얼쩡거릴 이유가 없다고 충고해 주고 싶으며, 내가 내민 50유로 지폐에 대해서는 여기는 택시지 환전소가 아니라는 설명을 덧붙인다. 하지만 개인적으로 내가 정말 편안한 손님이었다고 칭찬한다. 요즘은 대부분의 승객이 차 안에서 전화를 해 대는데, 잠시도 쉬지 않고 떠들어 대는 통에 딱 머리가 돌아 버릴 지경이라고 한다. 그는 왜 인간들이 단 몇 분 동안이라도 입을 닫고 있지를 못하는지 도저히 이해할 수가 없다고 한다.

문 열어

수요일 아침. 헤르만 광장의 카르슈타트 백화점 정문에서 문을 붙잡고 서 있다. 그사이 분명 2분은 지났을 것이다. 원래는 젊은 여자가 유모차를 밀고 오기에 문을 잡아 주려고 했을 뿐인데 바로 노신사가 따라왔고 그 뒤를 이어 아이들이 몇 명 달려오더니, 그 직후엔 다른 방향에서 여자들이 나타났으며 지팡이를 짚은 누군가가 또…….

그리하여 지금까지 문을 우아하게 닫을 기회를 포착하지 못했다. 앗! 지금 다시 실버카(노인용 보행보조기—역주)한 대가 다가오고 있으니…….

누군가 미소를 입에 머금고 문을 지나가면서 내 손에 20센트를 쥐어 준다. 엥, 이게 웬 떡이람? 3분에 한 번꼴로 20센트를 받으면 하루에 약 36유로, 한 달이면 972유로, 1년이면 1만 1천 664유로나 된다. 이 정도 금액쯤은 문제없이 계산할 수 있다. 문을 붙잡고 있는 것 말고 달리 하는 일이 없을 땐 시간이 무척 많은 법이니까. 그래서 웬만한 계산쯤은 멋지게 해치울 수가 있다. 어쩌면 부동산 회사 히포 레알 에스테이트의 부실채권 전담 은행이 최근 550억 유로를 잘못 계산한 사건도 간간이 걸음을 멈추고 문을 붙잡고 있었더라면 발생하지 않았을 것이다. 하지만 요즘에 누가 그런 수고를 하겠어? 나 말고.

1만 1천 664유로라! 그것도 순수익이! 쇼핑객이 많은 일요일은 계산에 넣지도 않았다. 괜찮은 액수다. 그 정도면 남한테 빼길 만하다. 특히 지난 몇 년간 카르슈타트 사가 발표한 숫자들에 비한다면 기업 결산에서 내가 한참 앞설 것이다. 하지만 남 잘되는 꼴을 두고 볼 그들이 아니다. 아마 기업 자문이 기업을 해체하라고 충고할 것이다. 그러니까 손실만 내는 백화점 부분은 싹 정리하고 이윤이 넘치는 문 잡아 주기 부문만 남기라고 말이다. 쓸데없는 짐을 버리고 모든 에너지를 한곳으로! 그것이 승자의 논리이다.

물론 때가 되면 문 잡아 주기 분야도 조금 더 자세히 연구해야 할 것이다. 공정을 최적화할 수 없는지, 비용을 절감할 수 없는지, 이윤을 극대화할 수 없는지. 이윤은 무조건 나야 하니까. 안 그러면 투자자들이 금방 불신을 표할 것이고 주주들이 불안해할 테니까. 이윤이 없으면 배당금도 없다. 그럼 시장이 신경을 곤두세울 것이고 신뢰를 잃을 것이다. 보라! 저 추락의 길이 얼마나 순식간인지!

무슨 일이 있어도 시장은 안정시켜야 한다. 절대로 신경이 곤두서게 만들어서는 안 된다. 흥분시켜서는 안 된다. 뇌졸중 환자처럼 조심스럽게 다루어야 한다. 그러므로 조만간 재계에서는 문 잡아 주기 분야 역시 최적화시킬 것이다. 그렇지만 인건비를 줄이는 것 말고는 달리 무엇이 있겠는가. 그 인건비 절감의 주인공은 나일 것이다. 어쩌면 문지기를 쓰는 대신 자동 도어스토퍼를 달지도 모르겠다. 혹은 큰 돌로 대체할지도 모르겠다. 이해할 수 있다. 그나마 독일 돌이라도 써 주면 다행이다. 동유럽 돌은 반값만 줘도 쓸 수 있을 테고 다른 나라 돌이야 더 말할 필요가 없을 것이다.

* * *

이제 나는 6분 정도 여기 서서 문을 붙잡고 있다. 마지막 2분 동안에는 아무도 지나가지 않았다. 이럴 수가! 나는 내 할 일을 하고 있는데 아무도 지나가지 않다니. 파렴치하기 짝이 없다. 이쯤에서 그냥 손을 놓고 문을 닫으면 되나? 하지만 그다음엔 뭘 하지? 갑자기 공허감이 밀려들까 봐 겁이 난다. 아주 오랫동안 문을 지키고 있었던 것만 같다. 새로운 일을 시작할 힘이, 의욕이 남았을까? 나를, 이 늙고 시들시들한 문지기를 써 주겠다는 사람이 있을까? 문지기를 하기 전 나의 꿈은 무엇이었을까? 나의 목표는? 백화점을 들락거리고 싶었을까? 뭔가 사고 싶었을까? 무엇 때문에? 뭐가 부족해서?

나는 숨을 깊게 들이쉬고 결심을 굳힌다. 이제는 그만 손을 놓을 시간이다. 그래. 문을 다시 놓아야 한다. 자유로워져야 한다. 그냥 놓으면 양손이 다시 자유로워진다. 그래, 자유. 머리카락을 스치는 바람을 느낀다. 내 안에 에너지가 샘솟는다. 가능성이 반짝인다. 그냥 놓고 자유로워져라! 지금! 그래, 바로 그거야!

어, 그런데 누가 오고 있다. 분명히 문을 지나갈 것 같다. 그가 지나갈 때에도 나는 문을 잡아 줄 수 있다. 시점은 중요하지 않다. 이제 나는 문을 놓을 수 있다는 것을 안다. 그것이 중요하다. 그것이 내 결정이다. 누구도 뺏어 갈 수 없는 이 자유와 더불어.

나는 호박이었다

란데스샤우 라인란트팔츠는 지방 케이블 방송사들 중 하나다. 주로 전하는 내용은 베스트팔츠에서 제일 큰 사과파이를 구웠다는 마을 소식 같은 것이다. 아니면 카이저슬라우테른에서 벌금 딱지를 발급할 때마다 직접 지은 시로 분위기를 부드럽게 만든다는 교통경찰의 몸을 빌린 시인의 소식이거나. 그가 지은 시 한 편을 소개하면 이렇다. "여기는 주차 금지야. 그러니까 벌금을 내야 해. 멍청아!"

시인 교통경찰의 소식을 전할 때는 웃고 있는 운전자도 등장했는데, 그는 그런 재미난 시를 받는다면 벌금도 흔쾌히 내겠다고 말했다. 그 소식은 심지어 이런 시작법을 알려 주는 학교를 만들어 전국민이 벌금 딱지를 떼일 때마다 경찰이 직접 지은 시를 같이 받게 하면 얼마나 좋겠느냐는 결론으로 끝을 맺었다. 정말 좋을까? 개인적으로는 상당히 의문스럽다.

그다음으로 자주 등장하는 뉴스는 취미로 주말 농장을 하는 아마추어 농사꾼이 입이 떡 벌어질 만큼 커다란 거인 호박을 수확했다는 소식이다. 하지만 안타깝게도 지금은 11월 말, 수확 철은 지난지 오래다. 호박이 더 이상 영글지 않기에 방송사는 결국 나 같은 사람들을 초대한다. 그러니까 나는 평소 이 방송국에서 거인 호박이 했던 역할을 대신하는 셈이다.

* * *

촬영 감독이 내 손에 쪽지를 쥐어 준다. 사회자가 내게 던질 예정인 세 가지 질문이 적혀 있다. "라인란트팔츠에서 제일 마음에 드는 것이 무엇인가요?", "당신이 진행하는 프로그램에도 라인란트팔츠가 나오나요?", "라인란트팔츠에서 재미난 경험을 하신 적이 있나요?"

나는 쪽지를 노려보다가, 난생 처음으로 세 가지 질문을 읽기만 했는데도 바로 기절했다는 사실을 깨닫는다. 다시 정신이 돌아왔을 때는 이미 스튜디오에서 카메라 앞에 앉아 사회자의 질문을 듣고 있다.

"라인란트팔츠에서 제일 마음에 드는 것이 무엇인가요?"

당장 다시 기절을 하려고 용을 쓰지만 몸이 거부한다. 이유는 모르겠지만. 대신 이렇게 말하는 내 목소리가 들린다.

"오렌지요."

사회자가 당황한다.

“네?”

“오렌지요. 오렌지 색깔. 그게 라인란트팔츠에선 제일 마음에 들어요. 오렌지색인 건 전부 미치게 좋아요.”

“아, 네.”

“다른 지방에, 그러니까 예를 들어 메클렌부르크포어포메른에 가면 파란색인 게 전부 멋지거든요. 왜일까? 이유는 모르겠어요. 하지만 라인란트팔츠에선 오렌지가 제일 좋아요.”

“아, 네, 그렇군요……. 정말……, 재미있네요. 다른 건 없나요?”

“9요.”

“네?”

“라인란트팔츠에선 숫자 9도 좋더라고요. 그러니까 9가 들어간 건 다 좋아요. 예를 들어 식당에 갔는데 음식 값이 9유로가 나오면 기분이 정말 좋아져요.”

“왜 아니겠어요?”

사회자가 기절한다. 그가 다시 정신을 차리자 우리는 약 30초 동안 말없이 서로를 노려본다. 그러자 촬영 감독이 촬영을 중단한다. 그리고 벌로 나를 스튜디오 구석의 카페로 귀양 보낸다. 거기서 나더러 시청자들이 보낸 각종 크리스마스 쿠키를 란데스샤우의 스타 요리사와 함께 시식해 보고 얼마나 맛있는지 말해 달라고 한다. 스타 요리사는 정말로 상냥하다. 첫 쿠키를 먹자마자 그녀가 묻는다.

“계피 쿠키가 어때요?”

그녀가 너무 상냥하기 때문에 나는 그녀를 기쁘게 해 주고 싶어 이렇게 말한다.

"뭐랄까, 약간 피르마젠스 지방의 맛이 나요."

"그게 무슨 뜻이에요?"

"그러니까 피르마젠스 같다고요, 어쩐지."

"아, 네. 다른 쿠키는요?"

"레몬 쿠키는 보름스 지방의 맛이 나고 초콜릿 쿠키는 슈파이어 지방의 향긋한 향기가 풍겨요."

바트크로이츠나흐 지방 냄새가 강하게 풍기는 마카롱에 대해 뭐라고 말을 하려는 순간 갑자기 촬영이 다 끝났다는 고함 소리가 들린다. 나는 스튜디오에서 쫓겨난다. 다들 내가 정말로 멋진 게스트였다고 마음에도 없는 감사의 인사를 남발한다.

밤에 호텔에서 그 채널을 틀었다가 그들이 나를 잘라 버렸다는 사실을 확인한다. 내가 나오는 부분 대신 작년에 찍은 장면이 나오고 있다. 란다우에 사는 누군가가 11월에 거인 호박을 수확했다는 장면이다. 무려 25.8킬로란다. 미친! 그다음으로 등장한 스타 요리사가 크리스마스 먹거리를 시식하다가 부드러운 버터 초콜릿을 먹는 부분에서 갑자기 마인츠 지방의 맛이 난다고 말한다. 그 말을 하면서 그녀는 눈물 날 정도로 상냥하게 웃는다. 그녀가 무슨 말을 하는지 나는 금방 알아들었다.

착한 지그프리트의 날

필립과 야나는 세 아이의 부모다. 아이가 셋이란 건 한편으로 매우 실용적이다. 아홉 살인 첫째 콘라트에게 두 동생을 보살필 책임을 떠넘길 수 있기 때문이다. 하지만 아홉 살짜리에게도, 아니 아홉 살인 만큼 에이브러햄 링컨의 명언이 딱 맞아떨어진다. "한 인간의 진짜 성격을 알고 싶다면 그에게 권력을 줘 보라."

모든 일은 야나와 필립이 작년에 콘라트가 이제 산타 할아버지의 실체를 알아도 될 만큼 나이를 먹었다고 생각하면서부터 시작되었다. 두 사람의 아들은 일반적인 각성의 3단계를 빛의 속도로 통과했다.

1단계, 냉정을 잃는다. "왜요? 왜 그런 말을 하는 거예요? 내가 방을 안 치웠기 때문에? 그 벌로 산타 할아버지의 정체를 밝히는 거예요? 여기서 지금 그런 말을 하는 게 무슨 의미가 있어요?"

2단계, 정신을 차리고 놀라울 정도의 현실성을 회복한다. "알았어요. 근데 그 사실을 아는 사람이 몇 명이나 있어요? 산타 할아버지가 존재하지 않는다는 사실 말이에요. 다들 비밀을 잘 지키나요? 이런 상황에서 두려움을 극복하려면 어떻게 해야 하죠?"

3단계, 적나라한 냉소와 인간에 대한 혐오를 보인다. 세상이, 인류가 자신을 속였다는 사실에 심한 혐오감을 표출하며, 이는 결국 숨김없는 도덕적 격분으로 끝이 난다. "올해 크리스마스 파티엔 참석하지 않을 거예요. 내년 크리스마스 파티에도 안 갈 거고요. 이런 천박한 거짓 연극에 공범자가 될 생각은 추호도 없어요. 우리 집에서는 정직한 크리스마스를 맞이하는 게 좋겠어요. 트리도, 장식도, 촛불도, 멍청한 캐럴송도, 그리고 무엇보다 산타 할아버지가 있다는 거짓말도 없었으면 좋겠어요. 크리스마스는 다시 원래의, 좀 더 심오한 의미로 완전히 국한되어야 해요. 그러니까 오로지 선물로만요!"

크리스마스 파티에 대한 이런 지독히 근본주의적인 태도를 콘라트는 정확히 이틀 동안 견지했다. 이틀이 지나고 난 후 그는 새로운 정보의 진정한 잠재력을 파악했다. 어린 동생들이 아직 모르는 사실을 자신만 알게 되었으니 그것으로 자신의 권력을 공고히 할 수 있게 된 것이다.

* * *

나흘 후 엄마 야나는 콘라트의 두 동생 클라라와 미하엘이 작은 그물을 짜고 있는 광경을 목격했다. 아이들에게 이유를 물어보니 착한 지그프리트Siegfrid(게르만 전설 속의 영웅. 《니벨룽겐의 노래Das Nibelungenlied》를 보면 네덜란드의 왕 지그만드의 아들로 니벨룽겐 족을 멸망시켰고 괴룡을 퇴치하였다.—역주)가 겨울에 이곳에 남은 새들을 돌본다는 것이었다. 그래서 11월 25일 밤에 지그프리트 그물을 문 앞에 걸어 놓으면 착한 지그프리트가 와서 거기에 새 먹이를 넣어 주고 또 착한 아이들 먹으라고 상으로 과자를 듬뿍 놓아둔다는 것이었다. 모두 콘라트가 동생들에게 해 준 이야기였다. 다행스럽게도 때를 잘 맞추어, 11월 25일을 이틀 남겨 둔 날에.

야나가 콘라트를 불러 왜 그랬는지 물어보았다. 콘라트는 참기 힘든 산타 할아버지 거짓말에 억지로 동참하게 되었으니 그 대신 불쌍한 새들을 위해 무언가 좋을 일을 하고 싶어서 그랬다고 설명했다. 착한 지그프리트와 과자 이야기는 그저 동생들을 격려하는 차원이었다고. 하지만 동생들의 의심을 사지 않기 위해 자신도 커다란 지그프리트 그물을 문밖에 걸어 놓을 것이라고.

부모는 약간 당황스러웠지만 어쨌든 새를 돕겠다는 아들의 생각이 기특했다. 더구나 그물 만들기 공작은 어린 동생들의 창의력도 자극할 수 있을 것이다. 그들은 결국 '착한 지그프리트의 날'에 동참하기로 결심하였고 콘라트와 그의 아이디어가 살짝 자랑스럽기까지 했다. 심지어 아빠 필립은 아이들과 힘을 합하여 진짜 작은 새집을 안마당에 지어서 착한 지그프리트의 날이 진정한 가족 축제가 되도록 힘썼다.

하지만 평화로운 나날은 오래 가지 않았다. 이번에는 애들이 직접 만든 접시 세 개가 문 앞에 놓였다. '친절한 후베르타의 날'이라고 했다. 아이들은 후베르타가 이 접시에 야생 동물들이 먹을 땅콩과 아이들이 먹을 과자를 듬뿍 담아 줄 것이라고 말했다.

캐물으니 콘라트는 친절한 후베르타의 이름으로 굳이 접시에 과자를 놔둘 필요는 없다고 대답했다. 다만 동생들이 정말 실망을 할까 봐 걱정이라고 했다. 또 그러다 혹시 실수로 누군가의 입에서 말이 잘못 나올 경우 동생들이 니콜라우스와 산타 할아버지에 대한 믿음마저 잃어버리게 될지 몰라 불안하다고도 했다.

그다음부터 사나흘 간격으로 문 앞에 각종 물건들이 놓였다. 추위에 떠는 고틀리프를 위한 양말, 천천히 마시는 요한나를 위한 찻잔, 센 바람을 뚫고 오는 프레데리크를 위한 모자, 요리하는 헬가를 위한 냄비, 냄새나는 귄터를 위한 욕조……. 귄터는 아이들이 잠들면 욕조에서 목욕을 하는데 몸을 깨끗하게 씻고 말린 후에는 감사의 의미로 온갖 과자를 남기고 간다고 한다.

나아가 콘라트는 그사이 동생이 있는 학교 친구들에게 자신의 사업 아이템을 알려 주었다. 친구들은 무척 기뻐하며 이 각종 기념일을 챙기는 한편 각자 나름대로 새로운 아이디어를 추가했다. 예를 들면 '귀머거리 유타의 날'이 있다. 그날엔 동생을 밤새 밖에 세워두어야 한다. 밤에만 들을 수 있는 귀머거리 유타에게 동생이 노래를 불러 주기 위해서다. 하지만 그 아이디어는 기각되었는데, 귀머거리 유타가 나타나지 않으면 실망한 동생들이 의심을 하게 될지도 모르기 때문이었다.

그 밖에는 만사형통이었다. 콘라트와 친구들의 사업은 잘 굴러갔다. 하지만 결국엔 어른들도 하나둘 눈치를 챘다. 먼저 꽃집 아줌마가 과자 옆에 작은 꽃다발을 곁들이는 날을 도입하면 안 되겠느냐고 문의해 왔다. 예를 들어 꽃을 피우는 우르줄라의 날 같은 것으로 말이다. 빵집 주인들은 설탕 파울의 날을 만들자고 했고, 슈퍼 주인들은 담배 피우는 게오르크의 날을 추천했으며, 철물점 주인은 노래하는 차량 진입 방지용 말뚝의 날이 어떠냐고 물었다. 심지어 재무부 차관까지 나서 과자 옆에 그리스 차관을 곁들이는 날을 생각해 보는 건 어떠냐고 문의했다.

아이들도 특별한 날이 너무 많아지자 과도한 스트레스를 받았다. 콘라트는 결국 부모와 합의하여 산타 할아버지는 놔두고 다른 수호성인 및 소비 성인은 폐지하기로 의견 일치를 보았다. 다만 할로윈 대신 착한 지그프리트를, 밸런타인데이 대신 노래하는 차량 진입 방지용 말뚝을 택하기로 했고, 그날을 잘 지켰다.

5
위풍당당 행진곡

"오오, 이렇게 급히 갈 순 없어. 내가 무슨 말이라도 했다고 써요."

멕시코의 해방투사 판초 비야.

그는 마지막 유언으로 한 기자에게 이렇게 말했다고 한다.

그런 건 기계가 더 잘해요

크리스마스 선물로 전동 칫솔을 받았다. 나는 한 번도 전동 칫솔을 사용해 본 적이 없다. 사실 나라면 전동 칫솔을 발명하자는 아이디어를 절대로 내지 않았을 것이다. 이를 닦는 일이 손에도, 손목에도 특별히 고생스럽다고 생각해 본 적이 한 번도 없었으니까. 어쨌든 기계가 대신 해 주어야 할 만큼 고단한 일은 아닌 것 같다. 오히려 쓰레기를 갖다 버리는 일이 훨씬 더 고단하다. 과연 그렇지 않은가. 누군가 혼자 알아서 계단을 내려가 쓰레기를 버리고 오는 자동 쓰레기통을 발명한다면 그것이야말로 진정한 발명품일 것이다. 물론 쓰레기통이 곧바로 쓰레기 집하장까지 가 주신다면 더 바랄 것이 없을 것이다. 나아가 배터리나 절전등도 분리수거해 주고 오는 길에 신문이나 빵도 사 가지고 올 수 있다면? 왜 나는 평생 그런 괜찮은 물건은 한 번도 선물로 받아 보지 못했을까?

하긴 쓰레기통이 빵을 사 오는 건 좀 아닌 것 같기는 하다. 입맛이 떨어질 테니. 완전히 깨끗한 쓰레기통을 발명한다면 또 모를까. 혼자 알아서 꼼꼼히 씻고 극도로 위생에 신경을 쓰는 쓰레기통 말이다.

정말 멋질 것 같다. 그럼 쓰레기통이 장을 보러 갈 수도 있을 테니까. 게다가 그야말로 무용지물인 전동 칫솔을 세워 놓기 위해 갑자기 필요해진 욕실의 거치대까지 쓰레기통이 알아서 척척 설치해 준다면 나는 단연코 이렇게 외칠 수 있을 것이다. 마침내 나의 삶을 눈부시게 향상시킬 기계가 나왔구나!

하지만 실제로 그렇게 된다면, 그러니까 걸어 다니는 쓰레기통이 혼자 알아서 걸어 내려가 쓰레기통을 비우고 알아서 제 몸을 씻고 가꾸어 청결을 유지하며, 장을 보고 집안의 사소한 일거리들을 맡아 준다면 어떻게 되겠는가? 어떤 여자가 남자를 데리고 살려고 할 것이며 왜 데리고 살려 하겠는가?

아마 이것이 그런 쓰레기통이 아직 발명되지 않은 유일한 이유일 것이다. 그렇지 않다면 우리 사회에서 남자의 의미가 완전히 사라져 버릴 테니까. 또한 밤에는 코를 골고 낮에는 양말이나 빨랫감을 아무렇게나 방바닥에 던져 놓는 기계를 아직 아무도 발명하지 않은 이유이기도 할 것이다.

모든 기술 발전에는 위험이 뒤따르지만, 그중에서도 가장 큰 위험이 바로 이것이다. 조심하지 않으면 순식간에 자신이 쓸모없는 존재로 전락할 수 있다. 그래서 어느 날 이런 말을 듣게 될지도 모른다. "일한다고 우기면서 꾸벅꾸벅 조는 사람은 필요치 않습니다. 그런 건 기계가 더 잘합니다."

잼의 일생

냉장고 제일 뒤편, 버터와 지금 먹고 있는 잼 병들, 그리고 프리미엄 잼 병들 뒤편에 3분의 1쯤 남은 겨자 튜브가 놓여 있다. 어울리지 않는다. 3분의 1쯤 남은 겨자 튜브. 튜브 자신도 그 사실을 알고 있다. 하지만 그래 봤자 무슨 소용인가? 어차피 유배당한 것을. 프리미엄 잼 병들 뒤로 유배. 그건 끝장이란 의미이다. 프리미엄 잼 병 뒤로 밀려나면 잊혀진 것이나 마찬가지다. 영원히 실종된 것, 아예 존재하지 않는 것이다. 바로 그 때문에 3분의 1쯤 남은 겨자 튜브도 프리미엄 잼 병들 뒤로 밀려나는 것을 몹시 두려워했다. 프리미엄 잼 병들은 완벽하게 뒤죽박죽인 살림 솜씨와 중구난방 장보기 신공의 말 없는 증인이기 때문이다. 실수로 산 물건이자 '왠지 이름이 재미있어서 한번 사 본' 애먼 시도의 산물이기 때문이다. 예를 들어 '할머니가 드시던 전통 비법 그대로 만든 쌉싸름한 맛의 생강 장미 오렌지 잼'이 그런 것이다. 잼 병에 그렇게 적혀 있다. 물론 이렇게 자문하시는 분들도 있을 법하다. "뭐? 그런 수법에 넘어가는 사람이 어디 있어? 할머니가 드시던 전통 비법? 할머니가 살았던 시절에 쌉싸름한 맛의 생강 장미 오렌지 잼이 있었다고? 누가 그런 걸 먹었는데? 누구네 할머니가 그런 잼을 만들었는데?"

한 인터넷 서비스 회사가 '1885년부터 이어져 내려온 전통적 디자인'이라는 문구로 광고를 한다고 치자. 그렇지만 인터넷상에선 근본적으로 불신이 판을 친다. 무슨 일이든 일단 의심부터 하고 본다. 아마 그 문구를 본 사람들은 다들 이렇게 생각할 것이다. '내가 1885년부터 이어져 내려온 전통적 디자인을 좋아한다는 사실을 어떻게 알았지? 내 정보를 어디서 구했지? 이 나쁜 놈들.' 어쩌면 그런 광고가 오히려 매출을 추락시킬지도 모른다.

하지만 대형 마트에선 다들 마음이 착하다. 그래서 그렇게 금방 숨은 의도를 간파하지 못한다. 일단 이렇게 생각한다. '어머, 저거 좀 봐. 예전에 우리 할머니들은 저런 잼을 만드셨구나. 그때, 나 어릴 적에 말이야. 난 까마득히 몰랐네. 하긴 할머니에 대해 아는 게 별로 없지. 이 잼이라도 사서 우리 할머니의 어린 시절엔 아침식사가 어떤 식이었는지 한번 맛봐야겠다.' 하지만 이내 확인하게 된다. '별로잖아!' 할머니 식의 아침식사는, 적어도 잼은 누가 먹어도 그리 맛있지가 않다. 그래서 그 회사에 이건 사기라고 편지를 쓴다. 우리 할머니는 절대로 그런 잼을 드신 적이 없었다고.

회사의 답장은 어이를 상실할 만큼 억지스러운 궤변이다. "네, 그럴지도 모릅니다. 고객님의 할머니가 살던 시절에는 아직 그런 잼이 독일에 없었을지도 모릅니다. 하지만 요즘 할머니들이 사는 시절에는 그런 잼이 있습니다. 그러니까 '할머니가 드시던 전통 비법'이란 상대적인 개념이지요. 지금도 이 시대를 살고 계시는 할머니들이 계시니까요. 따라서 원칙적으로 보면 지금 발명된 물건들도 '할머니가 살던 시절'에 만들어졌다고 말할 수 있는 겁니다. 지금도 —앞으로도 영원히— 할머니들은 계시니까요."

오호라, 과일 잼 회사치고는 지극히 이론적이고 분석적인 논리가 아닌가. 산 물건이 잼이었으니 망정이지 미국 소프트웨어 저작권이나 그리스 국가 채권이었으면 어쩔 뻔했는가? 그런 논리가 가능한 사람이라면 못 팔 물건이 없을 것이다. "저기 좀 봐, 할머니가 사셨다는 페이스북 주식이네! 전통 비법 그대로라는군! 정말 근사해 보이는데. 정말 믿음도 가고 말이야. 우리도 하나 사자!"

* * *

어쨌든 그렇게 냉장고에 입성한 온갖 프리미엄 잼 병들은 영원히 그곳을 떠나지 못한다. 딱 한 번 뚜껑이 열리고 맛이 없다는 판정을 받은 후 다시 꽉 밀봉된 채 냉장고 저 구석으로 밀려 들어간다. 어쩌다 갖은 음식이란 음식은 다 상으로 불려 나오는 날 잠깐 세상의 빛을 보기도 한다. 주인이 호화로운 브런치 모임을 기획하여 자기가 얼마나 많은 종류의 잼을 갖고 있는지 온 세상에 보여 주려고 하는 날 말이다. "그래, 나는 베를린의 잼 백만장자다!" 아니면 아무 것도 먹을 것이 없는 날, 찌꺼기의 찌꺼기까지 다 먹어 치운 날 하는 수 없이 상에 불려 나올 수는 있다.

하지만 잼의 일생에서 영원한 대기조 못지않게 슬픈 현실이 있었으니, 바로 현역 복무의 시간이다. 날마다 식탁에 오르지만 절대로 열지도 먹지도 않고 매번 꺼내기만 한다. 아침 먹을 때마다, 간식 먹을 때마다, 저녁 먹을 때마다 반드시 식탁에 오른다. 그래서 매번 새로운 희망을 품지만 그 희망이 실현된 적은 한 번도 없다. 간혹 주인이 잠시 집어 들기도 하지만 그건 그저 놀라서 움찔하고는 다시 내려놓기 위함이다. 그야말로 잼이 겪을 수 있는 가장 모욕적인 대접이다.

그래서 프리미엄 잼 병들은 늘 기분이 나쁘다. 당연히 3분의 1쯤 남은 겨자 튜브를 볼 수 있게 자발적으로 길을 비켜 주는 아량을 베풀 리 없다. 잼 병들은 그렇다. 심지어 여기, 3분의 1쯤 남은 겨자 튜브가 주인공인 이 이야기에서도 잼 병들은 자기들 이야기만 등장하도록 만드는 데 성공했다. 제목마저 자기들 이름이다. 텔레비전 토크쇼와 거의 비슷하다. 항상 잼 병들만 앉아서 자기들 이야기만 늘어놓으니 시청자들은 도무지 3분의 1쯤 남은 겨자 튜브의 소식을 알 길이 없다. 시간적 여유가 있거들랑 냉장고 속 잼 병 뒤쪽을 살짝 살펴보라. 거기 3분의 1쯤 남은 작은 겨자 튜브 하나가 죽어 있지는 않은지. 아마 튜브가 진심으로 반가워할 것이다.

일상의 책임

아침에 현관문을 여니 복도에 시체 한 구가 누워 있다.

나는 생각한다. 이런, 하루가 이렇게 시작되면 의욕이 없어지는데. 바로 침대로 돌아가는 게 좋겠어. 아침부터 무슨 소동이야. 경찰에, 여기저기 불려 다니며 조사받고. 다시 경찰서로 불려 가 또 확인해야 할 테고, 피해자 가족들도 분명 나랑 만나고 싶어 할 거야. 내가 발견했을 때 어떤 상태였나? 평화롭게, 행복하게 보이던가? 혹시라도 일이 잘못되어 뭔가 사라진 물건이라도 발견된다면, 현금이나 뭐 그런 것……. 그럼 또 내가 의심을 받을 것이다. 경찰도, 시체의 가족도, 더 운이 나쁘면 범죄 조직도. 원래 자기 돈이었다고 내 곁을 떠나지 않고 맴돌 것이다. 현금이라, 어딘가 좀 아쉽기는 하지만…….

다시 문을 닫는다. 이웃이 시신을 발견할 때까지 몇 분 동안, 아니 몇 시간 동안 그냥 기다릴 것이다. 그가 제발 알아서 처리해 주기를. 시신은 먼저 발견한 사람이 임자다.

302

여자친구가 벌써 빵을 사 왔냐고 묻는다.

"아니, 밖에 나가지도 않았어. 못 나가. 복도가 통행금지야. 말하자면 그렇지."

"통행금지? 얼마나?"

"글쎄, 잘 모르겠는데. 10분, 한 시간, 어쩌면 오전 내내 못 나갈 수도 있어."

그녀가 눈을 흘긴다. 나는 다시 문으로 다가가 귀를 대고 무슨 소리가 나는지 들어 본다. 이웃집 문이 열린다. 소리를 낮추어 여자친구에게 속삭인다.

"굿 뉴스. 통행금지가 몇 분 안에 풀릴 것 같아."

이웃집 문이 다시 닫힌다. 나는 기다린다. 조용하다. 조금 더 기다린다. 조용하다. 완전 오래 기다린다. 조용, 조용하다. 빌어먹을. 저 멍청한 인간이 경찰을 안 불렀어. 무책임한 겁쟁이 같으니라고. 자기 집에 처박혀서 누군가 시신을 발견하기만 기다리고 있겠지. 비겁한 놈, 그래, 어디 한번 기다려 봐!

이웃집에 전화를 건다.

* * *

"여보세요? 호어스트요. 이봐요. 조금 전에 현관 문 열었다가 닫은 거 알아요."

"그런데요?"

"아무것도 못 봤어요?"

"못 봤는데요."

"못 봤다고요?"

"못 봤어요. 근데 왜 그래요?"

"뭘 못 봤는지 알고 있죠? 그러니까 내 말은 만약에 —혹시라도 만약에— 오늘 복도에서 우연히 시체 한 구가 발견되었는데 그 시체가 한참 전부터 거기 있었다는 것이 확인되면 경찰이 이 건물에 사는 누가 7시 30분에 현관문을 열었다 닫았는지 몹시 궁금해할 거라는 거죠. 아무것도 안하고 그냥 문을 닫았으니 말이에요. 듣고 싶지 않은 질문이 그쪽에게 엄청 쏟아질 텐데?"

"흠."

"그러니까요."

"난 복도를 쳐다보지도 않았어요."

"엥?"

"우리 집 현관문에 기름칠을 했거든요. 하도 끽끽거려서 기름을 좀 칠했죠. 그러느라 열었다 닫았죠. 그치만 복도는 안 쳐다봤는데요. 시신은, 그러니까 만일에 복도에 시신이 놓여 있었다면 난 모르는 일이에요. 복도는 쳐다보지도 않았으니 아무것도 못 봤거든요."

"빨간 형광색 재킷을 못 봤다고요?"

"빨강 아니었어요."

“하, 이제야 고백하시네. 아무것도 못 봤다면서 시체가 빨간 재킷을 안 입었다는 걸 어떻게 알아요?”

“나는 시체도 빨간 재킷도 본 적이 없어요.”

“어디서 아무것도 못 봤어요?”

“복도요.”

“복도에서 뭘 못 봤어요?”

“아무것도 못 봤다니까. 복도에서 뭔가를 본 적이 없어요.”

“복도에서 아무것도 못 봤다?”

“못 봤다니까.”

“복도를 쳐다보지도 않았다면서 어떻게 복도에서 아무것도 못 볼 수가 있죠?”

“네? 그건…… 그건……. 그럼 우리 둘이 오늘 아침에 복도에서 보지 못한 그 시체를 대체 어떻게 알게 된 건지 말해 봐요.”

빌어먹을. 다 이긴 게임이었는데. 나는 실망하여 전략을 바꾸기로 결심한다.

“좋아요. 시체 이야기는 그만 하죠. 오늘 우리 둘 다 아무것도 못 봤으니까. 그럼 이제 우리 어떻게 하죠?”

“다른 이웃이 시체를 발견할 때까지 계속 기다려야죠. 그럼 그가 경찰이니 피해자 가족이니, 조직범죄니 하는 성가신 일들을 다 가져갈 거예요.”

“아하. 그럼 누가 문을 열 때까지 하염없이 기다려야 한다는 거네요. 게다가 다들 우리처럼 자기 집에 틀어박혀 우리 둘이 못 본 시체를 다른 이웃이 발견할 때까지 기다리지 않을 거라고 누가 보장해요?"

"맞는 말이네요. 그러고도 남을 사람들이죠. 비겁하게 책임을 회피하는 인간들. 정말 슬프지만 다들 그래요. 안타까운 일이죠."

"우리가 못 본 시체를 큰 길로 내놓을까요? 그럼 지나가던 사람이 발견할 거 아니에요."

"너무 위험해요. 그러다 누가 보기라도 하면……."

"그렇군요. 우리가 시체를 옮기면서 전과 다름없이 시체를 안 보기만 하면 될 텐데."

"하하하, 정말 재미난 농담이군요."

"죄송. 그냥 분위기 좀 바꿔 보려고 그랬어요."

"마이어한테 택배를 보내면 어떨까요? 그럼 택배 직원이 시체를 발견할 텐데."

"그러다 마이어가 건물 현관문을 안 열어 주면요?"

"맞아요. 정말 복잡해지겠군요. 그럼 어떻게 하죠?"

초인종이 울린다. 나는 전화를 끊고 내다본다. 시체가 문 앞에서서 화장실 좀 써도 되냐고 묻는다. 그에게 죽은 거 아니었냐고 묻는다. 그가 말한다. "아, 네. 그게 제 직업이에요. 새로운 방식의 주거 환경 조사죠. 어떤 구역에서 시체가 빨리 발견되는지 알아보는 거예요." 나는 눈을 치켜뜬다.

"그게 무슨 말이에요?"

"그러니까 시체가 빨리 발견될수록 주거 환경도 좋다는 뜻이죠."

"알아들었어요. 그러니까 여기 누군가가 오늘 아침 일찍 당신을 발견하고 신고를 했더라면 이 구역 월세가 순식간에 치솟았을 거다, 그거죠?"

"흠. 주거 환경을 평가하는 다른 기준들도 있지만, 뭐, 그렇죠."

나는 그를 화장실로 들여보내고 부엌으로 달려가 여자친구에게 시체처럼 창백한 우리 화장실 손님이 나오시거든 조용히 불러 이 구역은 밤에 자주 개 짖는 소리가 들린다고 꼭 말해 주라고 이르고 빵을 사러 나간다.

그리고 새삼 놀란다. 잘못된 행동이 최고의 해결책인 경우가 얼마나 많은지에 대해.

'안 들려요 자루'

파더보른에서 소나기가 내려 카페로 피신해 진열된 잡지 한 권을 뽑아 읽는다. 분위기가 요상하다. 한 남자가 계속해서 카페를 횡단한다. 보아하니 카페 한 구석 누구나 쓸 수 있는 콘센트에다 노트북을 꽂아 둔 모양이다. 그런데 그 구석 자리는 외벽이 너무 두꺼워 휴대전화가 터지지 않는다. 그래서 그는 그곳에서 컴퓨터를 들여다본 후 휴대전화가 터지는 반대쪽 구석으로 달려와 전화기에 대해 뭐라고 고함을 지른 다음, 다시 노트북을 향해 달려가 모니터 화면을 쳐다본다. 덕분에 원래는 아주 평온한 카페가 상당히 어수선하다.

한번은 그 남자가 휴대전화를 스피커폰으로 돌려 통화가 되는 구석에 그냥 두고 노트북을 들여다보며 카페를 가로질러 휴대전화를 향해 고함을 지르기도 했다. 하지만 그 전략은 카페 주인이 서둘러 말려 준 덕분에 금방 중단되었다.

내가 읽고 있는 잡지의 기사도 그 남자 못지않게 정신 사납다. 아시아 국가에서는 인구 성장이 지금처럼 유지되는데 유럽에서는 점차 정체 상태에 돌입한다면 6, 70년 후엔 우리 아이들이 몽땅 중국인이 될 거라는 주장을 누군가 논리 정연하게 꼬장꼬장 입증하는 중이다. 60년 후에 내가 자식을 낳고 싶을지 모르겠고, 설사 그렇다 해도 여자친구가 동의를 해야 하지만, 그렇지 않더라도 우리 아이들이 중국 사람이 될 거라고는 생각하지 않는다. 우리가 중국에 가서 산다면 또 모를까? 하지만 우리가 뭐 하러 중국에서 살겠는가? 설사 그런다 해도 60년 후면 나는 백 살이 넘는다. 그 나이에 아버지가 되려면 아이가 나를 닮기를 기대해서는 안 되겠지. 그게 아이한테도 좋다.

일흔 살인데도 아버지가 되겠다는 남자들을 떠올리다가 어린 시절 내가 마법의 힘으로 텔레비전을 켰다 껐다 할 수 있다고 믿었던 기억이 떠올랐다. 물론 형이 나 몰래 리모컨으로 켰다 껐다 했던 것이었다. 뭐, 바람직한 비교는 아닌 것 같지만.

* * *

휴대전화로 통화 중인 남자에게 그사이 동료가 생겼다. 두 명의 신사들이 통화를 하기 위해 전화가 터지는 구석에 와 있다. 그들은 서로를 미심쩍은 시선으로 노려본다. 아마 상대방이 자기 통화망을 훔쳐 간다고 생각하는 모양이다. 밖으로 나가면 되겠지만 밖에는 억수 같은 비가 퍼붓고 있다. 그러니 결단을 내려야 한다. 통화망을 포기하든가 비를 맞든가. 안타깝지만 지금 이 순간 파더보른의 이

구석진 카페에선 전화가 되는 통화망이 불과 1평도 안 된다.

한 남자의 대화가 뭔가 좋지 않은 방향으로 흘러간다. 그가 점점 수세에 몰리는 것 같다. 상대가 어찌나 고함을 질러 대는지 그의 목소리가 전화기 바깥에서도 들릴 정도다.

나는 선행을 베풀기로 결심한다. 그에게 가서 그의 팔을 붙들고 통화망 밖으로 그를 잡아당긴다. 처음엔 당황하던 그도 나의 선의를 간파하고 수화기를 향해 고함을 지른다. "여보세요? 여보세요? 잘 안 들려요." 지지직거리다가 뚝 전화가 끊긴다. 그가 미소를 짓는다. 여기선 안전하다. 통화가 안 되는 이 구역을 벗어나지 않기만 하면 된다.

내 친구 홀거가 얼마 전 발명품을 소개했다. '안 들려요 주머니'이다. 통화 연결을 차단시키는 주머니로 대화가 불리하게 돌아간다 싶을 때 그냥 휴대전화에 뒤집어씌우면 된다. 보통의 대화, 그러니까 얼굴을 마주보고 나누는 대화에도 그런 주머니를 써먹을 수 있을 것 같다. 이름하여 '안 들려요 자루'이다. 대화가 삐딱선을 타거든 그냥 머리에 뒤집어쓰면 된다. 상대방에게 보내는 무언의 메시지이다. 어디를 가나 그런 '안 들려요 자루'를 머리에 뒤집어쓴 사람들이 나타나면 처음에는 좀 놀라겠지만 뭐 금방 익숙해질 것이다. 어쩌면 입 꾹 다물고 멍때리고 가만히 듣고 있는 것보다 오히려 더 풍부한 대화를 나눌 수 있을지도 모른다. 물론 그러다가도 다시 끝없는 논쟁으로 빠져들 테지만.

바꾼 하루

금요일 오후. 프렌츨라우어 베르크에 있는 카페에서 마라와의 약속이 있다. 하지만 마라는 2년 전부터 살고 있는 바르셀로나의 한 카페에 앉아 있다. 우리는 서로에게 메일을 쓸 것이다. 물론 메일은 집에서도 쓸 수 있다. 그러나 마라가 절대로 안 된다고 우긴다. 메일만 주고받는 약속이라도 반드시 집을 떠나 멋진 카페로 가야 한다고 말이다. 그래야 약속의 품격이 높아지며 가치가 올라간다는 것이 마라의 주장이다. 그녀는 바르셀로나의 멋진 인터넷 카페에 앉아서 자기가 베를린에서 가 보고 싶은 장소를 물색한 다음 나에게 그곳으로 가서 자기와 메일을 주고받자고 한다. 물론 스카이프나 페이스북 같은 것을 이용하여 더 빨리, 더 현대적으로, 더 편리하게 채팅을 할 수도 있다. 하지만 우리는 구식이다. 완전 구식파들이다. 우리는 메일을 통해 대화를 나눈다. 늘 그래 왔던 것처럼. 일종의 인터넷 노스탤지어라고 할까?

안타깝게도 마라는 나를 살짝 믿지 못한다. 그래서 정말로 내가 그녀가 주문한 그 카페에 왔는지 묻는다. 내가 실수를 저지른 적이 몇 번 있기 때문이다. 한번은 마라에게, 그녀가 목숨이라도 달린 것마냥 중요하다고 생각하기 때문에, 그녀가 정해 준 카페에 와 있다고 말해 놓고 실수로 우리 집 부엌에 쪼그리고 앉아 있었던 적이 있다. 사실 따지고 보면 그냥 장소를 헷갈린 것뿐이다. 얼마든지 일어날 수 있는 일이다.

가령 몇 시간씩 카페에 앉아 친구를 기다리고 있는데 놀랍게도 내가 기다리던 바로 그 친구가 전화를 걸어 잔뜩 화난 음성으로 통보할 수 있다. 내가 생각했던 것처럼 내가 내내 카페에 앉아 있었던 게 아니라 실수로 침대에 누워 잠을 자고 있었다는 사실을. 따지고 보면 별일도 아닌 장소의 착각이 어마어마한 분노를 유발할 수도 있다.

마라의 경우, 약속 시간으로부터 몇 시간이 지난 후 다른 일 때문에 우리 집으로 전화를 했다가 비극적이게도 우리 집의 다른 거주민을 통해 내가 하루 종일 집 밖을 나간 적이 없다는 사실을 알게 되었다. 그 즉시 나도 그 사실을, 그러니까 내가 하루 종일 집 밖을 나간 적이 없다는 사실을 알게 되어 무척 당황했지만 그렇다고 해서 마라의 화가 누그러지지는 않았다.

그날 이후 나는 휴대전화로 집에서 카페까지 가는 길을 사진으로 찍어 마라에게 보내야 한다. 오늘 자 신문이나 공공장소의 시계 같은 것들 말이다. 또 카페에 도착하면 그녀에게 전화를 걸어야 하고, 마라는 확인을 하고 싶으니 웨이터에게 전화기를 넘기라고 한다. 아마 내가 그냥 바르셀로나로 날아가서 그녀를 만나는 편이 훨씬 더 간단하고 싸게 먹힐 것이다.

* * *

마라가 메일을 쓰는 바르셀로나의 카페에서는 사람들이 자신의 하루를 타인의 하루와 바꿀 수 있다. 이 카페에 가서 메모지에 그날, 다음 날, 혹은 머지않은 어느 하루에 자신이 해야 할 일을 적는다. 예를 들면 개를 산책시킨다든지 도서관에 책을 반납한다든지 장을 본다든지 우체국 및 관공서에서 볼일을 본다든지 하는 일들이다. 이 메모지를 카페의 게시판에 붙여 놓고 다른 손님들의 메모지를 쭉 읽어 본다. 그중에서 재미있어 보이는 일정이 있으면 그 사람과 합의를 할 수 있다. 그날 하루를 바꿔서 자신은 상대의 일을 처리해 주고, 자기 일은 상대에게 맡기는 거다. 이 아이디어가 좋았는지 카페는 늘 만원이라고, 마라가 메일을 보낸다.

타인의 의무나 과제는 내 것보다 훨씬 더 쉬워 보이는 법이다. 그러니 한 번쯤 바꿔 보는 것도 의미 있을 것이다. 양쪽 모두에게 이익이다. 치과나 미용실에 가는 일이나 애인과의 섹스 등 지극히 개인적인 용무는 당연히 금기다. 물론 그사이 그런 익스트림 버전도 벌써 메뉴에 오른 적이 있었다고는 한다.

군침이 돈다. 나도 하루 동안 누군가와 삶을 교환해 본다면…….
물론 반환받을 수 있다는 보장이 확실해야 한다. 누군가와 바꾼 하루가 어떨까 상상의 나래를 펼치고 있다가 문득 마라의 메일에서 실수로 적은 듯한 '호세'라는 서명을 발견한다. 오오, 마라가 우리의 약속을, 그러니까 나를 독문학을 공부하는 스페인 대학생 호세에게 넘겨 버린 것일지도 모르겠다.

나를 넘기는 대가로 그녀는 뭘 받았을까? 그게 무엇이든 멋진 것이었기를 바란다.

기다리다

금요일 오전 10시 30분. 비텐의 중앙역에 앉아 전철을 기다린다. 원래는 근거리 열차를 기다렸지만 기관사들이 파업을 하여 운행을 하지 않는다고 한다. 그래서 지금은 전철을 기다린다. 한참을 기다리니 기관사들이 파업을 하여 전철 운행을 하지 않는다는 안내 방송이 나온다. 그래서 다시 근거리 열차를 기다린다.

8시 30분부터 이러고 있다. 비텐 중앙역에서 두 시간 동안 오지 않는 열차를 기다려 본 사람이 있을까? 비텐 중앙역은 그리 매력적이지 않다. 정확히 말하면 매력이랄 것이 딱 하나밖에 없다. 비텐 중앙역에서 출발하는 기차다. 그러니 출발하는 기차도 없는 비텐 중앙역에서 두 시간을 보낸 적이 있는 사람은 평생 두 번 다시 이런 멋진 말을 할 수 없다는 깨달음을 얻게 된다. "나는 일생 동안 단 한 번도 지루하다고 느낀 적이 없어."

벌써 한 시간 반 동안 꼼짝도 하지 않고 내 옆자리에 앉아 철로만 노려보던 남자가 갑자기 손거울을 꺼내 얼굴 앞에 갖다 댄다. 아마

자기가 아직 숨을 쉬는지 보려는 것일 테다. 거울에 뿌옇게 김이 서리자 실망하여 한숨을 내쉰다. 그가 다시 거울을 집어넣는다. 그러더니 갑자기 이런 말을 내뱉는다. "우리 지구가 정말로 우주의 먼지 알갱이라면 나는 상관없으니 누가 와서 싹 닦아 버렸으면 좋겠어."

말을 마치고 그가 옆으로 쓰러진다. 아마 드디어 죽은 것 같다. 적어도 미소는 짓고 있다. 어쨌거나 그가 남긴 마지막 유언은 멋졌다. 저 앞쪽 A번과 B번 승강장에도 벌써 몇 명의 승객이 죽어 있다.

스티븐 호킹의 말을 빌면 완벽하게 정지할 경우 시간은 자체 붕괴되거나 심지어 물질을 파괴할 수 있다. 그로 인해 이런 시공간의 구멍이나 이상이 생긴다. 내가 그런 천문물리학적 현상의 현장에 있게 되리라고는 한 번도 생각해 본 적이 없었다. 더구나 여기, 비텐 중앙역에서 말이다.

곧 기차가 오지 않으면 생존자가 거의 남지 않을 것 같다. 역사 앞에서 직원들과 청소원들이 불안한 듯 이리저리 살핀다. 아마 따분해서 죽은 사상자가 여기 비텐 역에서 처음 발생한 것은 아닌 모양이다.

나도 천천히 유언을 고민해 봐야 할 것 같다. "3번 선로로 에센행 근거리 열차가 진입하고 있습니다."

빌어먹을, 정말로 좋은 유언이다. 내가 그 말을 그냥 생각만 한 게 아니었나 보다. 지금 확성기에서도 그 말이 흘러나오는 걸 보니.

아마도 내가 염력으로 그 말을 불러낸 것 같다. 시공간 연속체가 이미 훼손되었기 때문에 가능한 일이었다. 그 순간 기차가 진입한다. 죽은 사람들이 모두 일어나 열차를 탄다. 아무 일도 없었던 것처럼. 세상에! 내가 이 사람들을 몽땅 구하다니! 내가 구했어! 나의 유언이 모두를 구했어! 누가 고맙다는 인사라도 하려나? 오래오래 기다리다 보면 그럴 수도 있겠지.

사람들이 어떤지 잘 알잖니

아버지는 항상 베를린에서는 절대로 살지 않을 거라고 말씀하셨다. 상상조차 할 수 없는 일이라고, 베를린에 살면 절대로 행복하지 않을 거라고 말이다.

하지만 아버지가 그런 견해를 갖게 된 이유는 베를린의 크기나 복잡한 교통 상황, 도시의 바쁜 일상, 익명성, 인정머리 없는 사람들 탓이 아니다. 아버지가 사시는 니더작센의 시골 마을보다 훨씬 나쁜 공기 탓도 아니고 끝없는 소음 탓도 아니다. 아버지가 베를린에서 오래 살고 싶지 않다는 굳은 확신을 갖게 된 보다 심오한 이유는 80년대 말 나를 보려고 난생 처음 베를린에 오셨다가 겪은 일들 때문이다. 당시 아버지는 이사한 지 1년 정도 된 내게 집에 남아 있는 물건들을 가져다주겠다고 하셨다. 아버지가 생각하기에는 하나같이 시급하게 필요한 물건들이었다. 나는 당시 우리가 주고받았던 통화 내용을 아직도 생생하게 기억하고 있다.

"그래, 잘 지내니? 집에 네 물건이 몇 개 있는데."

“네, 아버지. 다 필요 없는 것들이에요. 그냥 제가 중고 시장에 가서 사는 편이 더 빠르고 간단해요.”

“그래……. 하지만 그 물건들이 거치적거리는데.”

“알아요. 그러니까 다 갖다 버리세요.”

“그래……. 다 버리라고?”

“네. 다 버리세요.”

“그래……. 그럼 내가 베를린으로 갖고 가마. 거기다 버리지, 뭐.”

약 4주 후 아버지는 정말로 이웃집에서 빌린 폭스바겐 버스를 몰고 왔다. 버스에는 천장까지 쓰레기와 가구들이 꽉 차 있었다. 하지만 4분의 3은 내 평생 한 번도 본 적이 없는 가구들이었다. 나는 이 상황을 조심스럽게 비난해 보려고 애썼다.

“아버지, 이게 다 뭐예요?”

“그래……. 내가 말했거든. 베를린 간다고……. 네가 가구가 필요하다고……. 그랬더니 이웃들이 모두들 필요 없는 가구를 갖다 주지 않았겠니.”

“아버지, 말씀드렸잖아요. 아무것도 필요 없다고요.”

“그래……. 아직 쓸 만하고 비싼 물건도 있어……. 접착제만 살짝 칠하면……. 아직 쓸 만해.”

“아버지, 제 말 안 들으셨어요?”

“그래……. 들었지……. 하지만 사람들이 어떤지 너도 잘 알잖니.”

그 말은 우리 아버지의 단골 메뉴였다. 궁지에 몰려 실수를 인정할 수밖에 없는 상황이 되면 언제나 그 모든 것을 해명하는 대사 "사람들이 어떤지 너도 잘 알잖니"로 무사히 빠져나가곤 하셨다.

특히 어머니가 잔소리를 하실 때면 그랬다.

"우유 어디 있어요? 우유가 안 보이는데? 또 빼먹었어요?"

"그러게……. 빼먹었네. 사 오려고 했는데……. 사람들이 어떤지 당신도 잘 알잖아."

아버지가 이 논리를 들이밀면 더 이상의 논쟁은 무용지물이다. 아주 어릴 적부터 나는 그 사실을 간파했다. 그래서 그 이상의 입씨름은 포기하고 버스 한 대를 꽉 채웠던 온갖 잡동사니들을 코딱지만 한 내 방으로 들어 날랐다. 이사가 끝나자 아버지는 내게 편지 봉투 한 다발을 내밀었다. "여기……. 카드는 네 엄마가 다 썼다. 이웃 사람들에게 가구를 주셔서 진심으로 감사하다고 썼어. 너는 그냥 서명하고 부치기만 하면 돼……. 사람들이 어떤지 너도 잘 알잖니."

* * *

오후가 되어서 우리는 내가 사는 동네를 살짝 돌아보았다. 그러다 한 카페에 들어갔고 그곳에서 결국 일이 터졌다. 우리 아버지가 훗날 평생을 걸고 이렇게 선포하게 된 바로 그 사건 말이다. "베를린? 싫어. 거기서 사는 건 상상도 못 하겠어."

웨이터가 다가와 메뉴판을 주면서 아버지에게 아침식사는 뭐로 하시겠냐고 물었다. 나는 그때 아버지의 표정을 절대 잊지 못할 것이다. 아버지는 돌처럼 굳어 의자에 꼿꼿이 앉아서 웨이터를 노려보았다. 오후 3시, 밖은 이미 다시 어둠이 깔리고 있는데 아침식사를 뭐로 하겠냐는 질문을 받다니. 아주 천천히, 입을 꾹 다문 채, 거의 공포에 질린 표정으로 아버지가 고개를 저었다. 그리고 몇 분 후 다시 정신을 차린 아버지가 소리를 낮추어 내게 물었다. "점심은 언제 먹니?"

나중에 내가 고향에 갈 때마다 아버지는 아침 8시에 나를 깨우면서 이런 농담을 던졌다. "저녁 먹자!" 아버지는 20년 동안 내내 그 농담을 써먹었다. 그래도 우리는 매번 재미있다고 깔깔대며 웃었다.

최근에 콩알만 한 우리 고향 마을에도 아침식사를 저녁 6시까지 제공하는 새 카페가 생겼다. 그곳을 발견하는 순간 그 사건이 생각났다. 저녁 6시라니! 세다. 하지만 뭐, 어쩔 수 없다. 사람들이 어떤지는 나도 잘 안다고 생각하니까.

맥주 안 마시고 돈 모으는 건, 위험해

이른 저녁 귀터슬로 역 근처의 한 술집. 두 남자가 바깥 테이블에 앉아 있다. 한 남자는 맥주를 마시고 한 남자는 이야기를 한다.

"난 도무지 이해를 못 하겠어. 왜 저녁마다 맥주 한 잔을 꼭 마셔야 하는 거야? 몸에 좋은 것도 아니잖아."

맥주를 마시는 남자는 표정 하나 변하지 않고 대답한다.

"맥주는 몸에 해롭지 않아."

"그건 그렇지만 딱히 도움이 되는 것도 아니잖아. 게다가 돈을 계산해 봐. 매일 저녁 맥주 한 잔씩이면 2유로야. 1년이면 730유로고. 30년을 마셨다면 얼마나 되겠어? 잠깐만. 우와, 자그마치 2만 1천 900유로야. 엄청난 돈이군. 맥주 대신 하루에 2유로씩 저금통에 넣었다고 생각해 봐. 30년이면 엄청난 돈을 모을 거야. 어떻게 생각해?"

상대는 편안한 표정으로 맥주를 한 모금 더 마시고 고개를 젓는다.

"30년 후에 어떻게 될지 누가 알아? 그리고 너무 위험해."

“뭐가?”

“맥주 안 마시고 돈 모으는 거 말이야. 너무 위험해.”

“뭐가 위험해?”

“한번 생각해 봐. 내가 30년 동안 맥주를 마시다가 어느 날 깨닫는 거야. 이런, 차라리 이 돈을 모을걸. 그 돈을 지금 갖고 있으면 얼마나 좋겠어.”

그는 자신의 고민을 보여 주기라도 하겠다는 듯 맥주를 한 모금 더 마시고는 저 멀리 일방통행로를 바라보며 말을 잇는다.

“그래도 그건 회복할 수 있을 거야. 어떤 식으로든 그 1만 2천 900유로를 다시 마련할 수 있을 거야. 물론 쉽지는 않겠지만 불가능하지는 않아. 반대로 30년 내내 절약만 하다가 이렇게 깨닫는다고 생각해 봐. 이런 이런, 차라리 맥주를 마실걸. 그럼 30년 동안 못 마신 맥주는 어떻게 회복해야 하지? 매일 0.5리터씩 30년이면 약 5천 400리터야. 그건 절대로 회복할 수가 없어. 설사 한다고 해도 다른 일은 전혀 못 할 거야. 여생을 쉬지 않고 맥주만 마셔야 하는 거지. 얼마나 스트레스가 크겠어. 재미도 없을 거야. 인생의 황혼을 그런 식으로 보내다니. 술만 마시고 마시고 또 마시는 거야. 그러느니 지금부터 여유 있게 준비하는 거지. 그래야 노후가 편안해질 테니까. 또 마실 수 있는 만큼만 마셔도 되니까.”

상대가 고개를 끄덕인다.

“맞네. 그러니까 지금 네가 매일 저녁에 마시는 이 맥주가 너한테 일종의 노후 준비인 셈이네."

"바로 그거지. 내 노후 준비는 여러 가지가 있지만 매일 저녁 마시는 이 맥주가 그중에서도 가장 중요하다고 볼 수 있지. 절약해서 돈을 모으는 것보다는 항상 좋아하는 일을 하는 것이 더 중요하거든. 그러느라 돈을 못 모았다면 그건 노후에……."

안타깝게도 남은 말은 엄청난 트림 소리에 묻히고 만다. 그래도 그의 친구는 알아들은 것 같다.

귀터슬로의 역 앞 술집에서 한잔하는 것이 노후에도 오래오래 되새길 만한 중요한 일인지는 잘 모르겠다. 하지만 지난 몇 년 동안 나는 여러 금융 회사로부터 그에 비하면 아무 소용없는 온갖 노후 대비 상품의 가입을 권유받았었다.

안으로 들어가 계산을 하고 나오는 길에 그들에게 지금 막 통에서 따른 맥주 두 잔을 선사하기로 한다.

"여기요. 가입하신 연금펀드의 보너스가 벌써 나왔습니다."

두 남자는 정말 좋아한다. 앞으로도 그들이 노후 준비 모델을 바꿀 것 같지는 않다. 뭐 하러 바꾸겠는가?

인생은 랄랄라 팔랑귀처럼

베를린으로 가는 기차에 앉아 신문 기사를 읽는다. 밤에 불을 자주 켰다 껐다 하면 모르모트가 우울증에 걸릴 수도 있다는 내용이다. 말도 안 되는 소리! 내가 왜 이런 것까지 알아야 하는 거지? 내 친구들 중 몇이나 이런 기사를 진지하게 읽겠어? 아마 한 명도 없을 것이다. 더구나 필자의 글솜씨도 너무 꼬장꼬장하고 하품 난다. 와우! 이 세상 그 누구도 이런 기사를 끝까지 읽지 못할 것이다. 나만 빼면. 살짝 영웅이 된 기분이다.

하노버 역에서 한 남자가 올라타더니 식탁이 딸린 좌석 중 유일한 빈자리에 일회용 커피 잔을 놓는다. 그런데 그가 차량 저 뒤쪽에 트렁크를 세우러 간 사이 또 한 남자가 와서 그 자리에 앉아 버린다. 다툼이 벌어진다. 꽤나 소란스러워진다. 나는 모르모트 기사에 집중하려 애쓴다. 결국 두 번째 남자가 식탁을 차지한다. 첫 번째 남자는 커피를 들고 식탁이 없는 바로 뒷자리로 가서 앉는다. 화가 많이 난 것 같다. 그가 갓 볶은 아몬드 봉지를 꺼낸다. 아마 하노버

역 광장에서 산 모양이다. 아몬드의 향기가 혼을 뺀다. 침이 꼴깍꼴깍 넘어간다. 도저히 기사에 집중할 수가 없다.

식탁의 남자가 전화를 하기 시작한다. “여보세요? 여보. 나 기차 안……. 그래. 베를린 본사에서 급하게 호출이야. 당근이지. 아니, 아니, 그래도 오늘은 아주 늦을 거야.” 그가 애석한 표정을 짓는다.

그 순간 전혀 예상치 못한 일이 일어난다. 바로 뒤에 앉은, 자기 자리를 뺏겨 단단히 화가 난 남자가 앞으로 고개를 내밀더니 휴대전화를 향해 소리를 지른다. “이거, 이거, 예상 밖인걸. 장난 아닌데요. 하노버에 이런 룸살롱이 있는 줄 미처 몰랐네. 와우, 대단해. 정말 대단해요. 저 여자들 좀 봐. 여기 물이 보통이 아닌데!”

식탁에 앉은 남자가 눈이 휘둥그레져서 뒤를 돌아보면서 전화기에 대고 더듬거린다. “아냐, 아냐, 여보……. 아무것도 아냐. 기차에 웬 이상한 사람이 타서 헛소리하는 거야.”

아몬드 남자가 더 크게 부르짖는다. “거기, 아가씨! 아, 글쎄, 통화 좀 하게 내버려 둬. 귀찮은 전화 한 통 해치워야 한다고 했잖아. 통화만 끝나면 완전히 아가씨 차지라고.”

이렇게 되면 우울한 모르모트 기사보다 이편이 훨씬 더 재미있을 것 같다. 신문을 내려놓는다.

이제 식탁 남자는 완전히 질려 버린 얼굴이다. 풀이 팍 죽어 내게 전화기를 내밀며 외친다. “아내한테 말 좀 해 주세요. 베를린 가는 기차 안이라고, 웬 미친놈이 지랄을 하는 거라고.”

나는 전화기를 쳐다보며 고민한다. 갑자기 아몬드 남자가 환상적인 향기를 뿜어대는 아몬드 세 알을 내게 내민다. 나는 타협을 택하기로 결심하고 말한다. "양을 잡아먹을 수 없다면 늑대에게 자유가 무슨 소용인가요?"

식탁 남자가 다시 휴대전화를 빼앗더니 이제 거의 울기 시작한다. 하지만 아몬드 남자는 아랑곳하지 않고 모든 승객들에게 아몬드를 나누어 준다. 덕분에 온갖 소음이 발생한다. 순식간에 온 기차가 하노버의 술 취한 룸살롱 소리를 낸다. 우리가 상상하는 바로 그 하노버의 술 취한 룸살롱 말이다. 식탁의 남자가 소리친다. "이제 그만해요. 아내가 전화를 끊어 버렸다고요. 그만 좀 해요."

하지만 소리가 멈추기까지 한참이 걸린다. 적어도 4, 5분이 더 지나서야 기차 안이 다시 진정된다. 식탁 남자는 물건을 챙기더니 풀이 팍 죽어 식당 칸으로 자리를 옮긴다.

아몬드 남자가 식탁에 앉아 싱글벙글한다. 하지만 잠시 후 생각에 잠긴 듯 중얼거린다. "여자한테 너무 비열했어."

모든 승객이 그의 말에 동의한다. 식당 칸으로 쫓겨난 남자의 휴대전화로 그의 아내에게 전화를 걸어 진실을 밝히는 대표로 내가 뽑힌다.

그를 찾아내자 그는 즉각 휴대전화에 번호를 찍어 내게 내준다. 그의 아내에게 모든 것을 털어놓으려고 하자 그녀가 얼른 내 말을 가로막는다. "연극이란 거 나도 다 알아요. 내가 바본 줄 아세요?

좀 고약하기는 했지만. 하지만 사람들이 어떤지 잘 알잖아요. 그래서 나도 같이 놀아 줬죠. 남편이 땀 좀 흘렸을 거예요. 남편한테도 나쁘지 않아요. 어쨌든 그만 끊어야겠어요. 읽던 신문이나 마저 읽을 거예요. 지금 우울한 모르모트에 대한 정말로 재미난 기사를 읽고 있던 참이었거든요."

그녀가 전화를 끊는다. 나는 남편에게 다 잘되었다고, 그렇지만 베를린에서 돌아갈 때 아내에게 줄 선물 하나는 사 가는 게 좋을 것 같다고 전한다. 그리고는 내 자리로 가서 신문을 집어 든다. 어찌 되었건 완전히 혼자는 아니라는 흐뭇한 기분이 든다.

내가 너라면 날 사랑하겠어

초판 1쇄 발행 2014년 7월 21일

지은이 호어스트 에버스
옮긴이 장혜경
펴낸이 박선경

기획/편집 • 권혜원, 이지혜
마케팅 • 박언경
표지 디자인 • 공중정원 박진범
본문 디자인 • 김남정
본문 일러스트 • 김현수
제작 • 디자인원(031-941-0991)

펴낸곳 • 도서출판 갈매나무
출판등록 • 2006년 7월 27일 제395-2006-000092호
주소 • 경기도 고양시 덕양구 화정로 65 2115호
전화 • (031)967-5596
팩스 • (031)967-5597
블로그 • blog.naver.com/kevinmanse
이메일 • kevinmanse@naver.com

ISBN 978-89-93635-49-2/03850
값 13,000원

• 잘못된 책은 구입하신 서점에서 바꾸어드립니다.
• 본서의 반품 기한은 2019년 7월 31일까지입니다.

이 도서의 국립중앙도서관 출판예정도서목록(CIP)은 서지정보유통지원시스템 홈페이지(http://seoji.nl.go.kr)와 국가자료공동목록시스템(http://www.nl.go.kr/kolisnet)에서 이용하실 수 있습니다.(CIP제어번호: CIP2014019824)